Annegret Achner
Beifang Blaue Balje

Die Handlung und alle handelnden Personen sind frei erfunden.
Jegliche Ähnlichkeit mit lebenden oder realen Personen wäre rein zufällig.

Die Autorin

Annegret Achner hat im Bremer Schuldienst gearbeitet und Englisch,
Deutsch und Darstellendes Spiel unterrichtet. Einige ihrer Erzäh-
lungen und Kurzkrimis gewannen Preise bei Schreibwettbewerben und
erschienen in verschiedenen Anthologien. Sie ist aktive Teilnehmerin beim
Literaturfest »Gastgeber Sprache« in Bremen-Nord.
Für das Projekt »Beifang« erhielt sie 2019 das Bremer Autorenstipendium.

Mehr unter: www.annegret-achner.de

Titelabbildung: 69341015/AdobeStock

1. Auflage 2021

Copyright © Edition Falkenberg, Bremen
ISBN 978-3-95494-259-6
www.edition-falkenberg.de

Annegret Achner

Beifang
Blaue Balje

53° 47' 30" N 7° 58' 45" E

Ein Friesland-Krimi

Edition Falkenberg

Rijksmuseum
Sommer

Jan sieht das Bild, sobald sie den Saal betreten. Zielstrebig steuert er auf das Gemälde zu, Greta hinter sich herziehend.

»Mama, guck mal!«, sagt er und versucht, den Text neben dem Bild zu entziffern.

»Aankomst der boten«, buchstabiert er. »Jacob Maris, 1884«

»Die Boote kommen zurück«, übersetzt Greta und streicht dem Siebenjährigen über die rotblonden Haare. »Das ist Niederländisch.«

»Ob sie es schaffen, an den Strand zu kommen?«, fragt Jan und starrt auf das Bild. »Ganz schön viele Schaumkronen!« Er hält die Hand der Mutter fest. »Ob der Käpt'n jetzt genauso laut brüllt wie Papa?« Mit den Händen am Mund formt er einen Trichter. »Höhe halten! Kurs halten! Schnauze halten!«

Ein paar Leute im Saal zucken zusammen, schauen empört auf. Greta bekommt einen roten Kopf. In den heiligen Hallen des Rijksmuseums zerschneidet die helle Jungenstimme die andächtige Stille. Doch der Mann neben ihnen lacht.

»He, jongeman«, sagt er in niederländisch gefärbtem Deutsch, »bist wohl auch Segler. Du weißt, wie es an Bord zugeht.«

»Wir waren im Sommer mit unserem Boot auf dem Ijsselmeer«, sagt Greta und schaut in die freundlichen Augen des Nachbarn.

»Wir sind in einen Sturm gekommen. Ganz unerwartet. Es gab keine Sturmwarnung des Wetterdienstes. Es war ganz schön ruppig und wir waren froh, als wir abdrehen und in den Hafen von Urk einlaufen konnten. Janni hat Angst bekommen unten in der Kajüte. Wir hatten ihn hinuntergeschickt.«

Der Sturm auf dem Ijsselmeer war heftig gewesen. Ganz plötzlich 7, wenn nicht 8 Windstärken statt der angekündigten 5, die Wellen gegenan, die Yacht bockte wie ein durchgegangenes Pferd. Hans-Helmut und sie hatten sich in die life-line eingepickt. Sie stand am Ruder, ihr Mann hatte mit den Segeln gekämpft, diese – viel zu spät – heruntergeholt und festgezurrt, alles bei heftiger Schräglage. Sie hatten gehofft, dass Jan unten in der Kabine nicht viel mitbekommen würde. Zum Glück waren sie alle drei ziemlich seefest, auch der Junge.

»Pah, ich hatte keine Angst«, mischt sich Jan ein. »Ich bin den Niedergang hinaufgeklettert und habe euch gesehen. Papa ist hin- und hergeschwankt, als er nach vorne ging, und du hast dich beim Steuern an der Reling festgehalten. Und Papa hat dich angebrüllt, weil du unser Boot nicht auf Kurs gehalten hast und viel zu nah ans Ufer gekommen bist.« Jan macht Anstalten, wieder die Hände vor dem Mund zum Trichter zu formen. Greta drückt sie schnell hinunter.

»Es reicht, Janni. Wir haben dich verstanden.«

»Cleveres Kerlchen«, sagt der nette Holländer. »Wie heißt denn euer Schiff?«

»Zeehond«, antwortet Jan stolz. »Eine Westerly. Fast zehn Meter lang.«

»Zeehond, was für ein schöner Name. Du weißt sicher, eine Westerly hält viel aus, auch schweres Wetter.«

»Mein Mann hatte Angst«, wirft Greta ein. »Der wird immer laut, wenn er nervös ist.«

Sie legt Jan die Hand auf die Schulter. »Aber hinterher ist Papa immer wieder lieb. Das weißt du doch. Papa hatte alles im Griff!«

Das stimmt nicht, das weiß sie nur zu gut. Fast wären sie gestrandet, waren beide froh, als die Segel geborgen und die Yacht in den geschützten Hafen von Urk eingelaufen war. Vor Erleichterung hatte auch der eher geizige Hans-Helmut einen gefalteten braunen Schein in die Sammelbüchse der Seenotrettung gepresst. Das hatte sie genau gesehen.

Greta hasst Schreierei an Bord. Das hat es bei ihrem Vater nie gegeben, der war quasi auf dem Segelboot groß geworden, konnte Wind und Wellen einschätzen, verlor nie die Ruhe.

»Jans Vater hat erst spät segeln gelernt«, entschuldigt sie ihren Mann.

»Erst als ihr geheiratet habt«, sagt Jan und nickt wissend. »Papa ist in Bayern immer nur mit Opa Alois auf die Berge gestiegen.«

»Eben«, nickt die Mutter.

»Und Ski gefahren. Im Winter will ich auch wieder Ski fahren. Mit Papa.«

»Jetzt sind wir erst einmal hier in Amsterdam, Janni. Heute Nachmittag holen wir Papa vom Flughafen ab. Dann machen wir eine Grachtenfahrt.« Sie wendet sich wieder ihrem Nachbarn zu. »Mein Mann hat einen Betrieb in Pfaffenhofen. Der kann nicht so lange weg.« Der Holländer sieht sie prüfend an.

»Die Menschen am Strand haben Angst, dass die Boote kentern.« Jan beschäftigt sich wieder mit dem Bild, hat die Augen zusammengekniffen, eine steile Falte über der Nase.

Der Maler hat den Himmel in einem düsteren Grau gemalt, die Fischkutter gespenstisch im Nieselregen, ein dunkles Meer mit hellen Katzenköpfen auf der aufgewühlten Brandung. Weiße Schaumzungen lecken am feuchten Strand.

Da kommen sie, scheint das kleine Mädchen auf dem Bild zu rufen. Sie zeigt aufs Meer. Ein Kutter nach dem anderen ist aufgetaucht. Alle unter Segel.

Besorgte Blicke der Dorfbewohner, starr aufs Wasser gerichtet.

»Der da ist bestimmt der Häuptling.« Jan zeigt auf einen Mann in Öljacke und dunklem Südwester auf dem Kopf, der hochaufgerichtet auf seinem Pferd die Gruppe am Strand überragt. »Wahrscheinlich gehören ihm die Kutter«, sagt er altklug. »Die anderen Fischer müssen für ihn arbeiten. Und nun hat er Angst, dass die Fischer untergehen und er keinen Fisch bekommt.«

»*Dat geloof ik niet, mijn jongen*«, widerspricht der Holländer. »Wir Friesen waren schon immer sehr freiheitsliebend. Wir wollten nie einem Herrn gehorchen. Keinem König und keinem Grafen. Beter dood dan slaaf. Die Fischer hier wollten lieber tot sein als Sklavenarbeit zu verrichten.«

»Er ist reicher als die anderen Leute«, behauptet Jan trotzig. »Das sieht man doch. Er hat als einziger ein Pferd. Und der Mann neben ihm hat eine Fahne.«

»Salzigen Fisch mag ich nicht.« Jan schaut seine Mutter herausfordernd an. »Und getrockneten auch nicht. Nur Schollen, die mag ich. Scholle, aber ohne Speck.«

»Um Mögen oder Nichtmögen ging es nicht«, erklärt Greta. »Die Leute wollten überleben. Den Kindern genug zu essen geben.«

»Heute ist das nicht mehr so. Da geht man einfach in den Supermarkt und kauft Fischstäbchen. Die ess ich am allerliebsten.«

Greta lächelt. »Ja, wir haben es viel besser als die Menschen früher.«

Mutter und Sohn vertiefen sich wieder in das Bild. Dunkel sind die langen Mäntel der alten Männer, die mit den Stiefeln im Wasser stehen. Rechts vom Reiter steht die Gruppe der Frauen und Kinder. Rötliche Tücher, weiße Hauben schmücken die Köpfe, doch über den Farben liegt ein Schleier von Angst und verzweifelter Hoffnung. Die Fischer lassen sich von den Wellen Richtung Strand treiben. Möwen umkreischen die Schiffe, lauern auf Beute. Noch flattern die Segel am Mast, noch greift die Mannschaft nicht zu den Riemen, um die letzten Meter durch die Brandung rudernd zu bewältigen.

Jan steht unbeweglich vor dem Bild. Gefangen von der düsteren Stimmung zittert er mit den Strandleuten um die Fischer da draußen. Jetzt bloß keinen Fehler machen. Das Boot im rechten Winkel zu den Wellen halten. Es wird nicht mehr lange dauern, bis das Kommando kommt, die Segel einzuholen. Klamme, rote Hände, die zupacken werden, um das flatternde Tuch nach unten zu zerren, es festzubinden. Die Mannschaft wird die Ruder ergreifen, einer der Männer wird den Schlagrhythmus vorgeben, um den Bug Richtung Strand zu halten. Ein brausendes Auf und Ab. Ein bockiger Ritt auf den Wellen. Die Strandleute machen sich schon bereit, die Seile, die ihnen bald zugeworfen werden, aus der Luft zu angeln, eine Kette zu bilden, um die Boote durch die tosende Brandung auf den Sand zu ziehen. Für die Männer an Bord geht es um Leben und Tod, für die Frauen und Männer am Strand ums Überleben im kommenden Winter. Wird diesmal der Fang für die Dorfgemeinschaft reichen?

»Janni, stell dir vor, noch vor vielen Jahren hat es an portugiesischen Stränden auch so ausgesehen«, erzählt Greta. »Wir haben zugesehen, wie die Fischer mit ihren bunt bemalten Ruderbooten versucht haben, über die Brandung an den Strand zu kommen. Das ganze Dorf war anwesend, die alten Männer zogen die Netze mit Hilfe von Ochsen auf den Sand und die Frauen teilten den Fang unter den Familien auf. Wir Touristen knipsten natürlich wie verrückt.«

»Und heute? Wie ist es heute?« Der Junge hört gespannt zu.

»Heute haben die Fischer Traktoren, die die Netze an Land ziehen. Aber es gibt nicht mehr viele Fische. Die portugiesischen Küsten sind von den großen, spanischen Trawlern leergefischt worden.«

»Wenn ich groß bin, werde ich Fischer«, sagt Jan. »Ich will nicht in einer stinkigen Werkstatt sitzen wie Papa. Ich will zur See fahren und Fische fangen.«

»Warten wir's ab«, erwidert Greta. »Hoffentlich gibt es dann überhaupt noch Fische in den Meeren.«

»Dann werde ich eben Kapitän! Auf einem Rettungskreuzer. Und rette die Fischer.«

Krabbenfang
15 Jahre später

Jan friert erbärmlich. Sein Anorak ist wohl nicht dick genug. Es ist früher Abend, der Wind pfeift ihm um die Ohren, weißer Schaum tanzt auf den Wellen weiter draußen, Windstärke 4-5, auch im Hafenbecken von Fedderwardersiel schaukelt der Kutter heftig. Jan zieht die Wollmütze tiefer in die Stirn, klappt zusätzlich die Kapuze hoch. Wahrscheinlich war es eine Schnapsidee, sich um einen Praktikumsplatz auf einem Fischkutter zu bewerben. Als die Zusage kam, war er wie ein Kind die Treppen hinuntergepoltert. »Mama, sie nehmen mich!«

»Glückwunsch, mein Junge!«, hatte die Mutter gerufen und den langen Kerl umarmt. Greta kam von der Küste, genauer gesagt aus Emden. Nach der Ausbildung als Krankenschwester war sie der Liebe wegen schweren Herzens nach Bayern gezogen. Mit ihrer Sehnsucht nach Meer und Strand und weitem Himmel aber hatte sie Jan infiziert. Sein Vater hätte lieber gesehen, wenn sich die kleine Familie in den gemeinsamen Ferien Richtung Berge orientiert hätte, zum Klettern und Skifahren in die Alpen gefahren wäre. Aber Greta war stur geblieben.

»Im Sommerurlaub an die See«, hatte sie verlangt, ehe sie bereit war, nach Pfaffenhofen zu ziehen, wo Hans-Helmut

Hausinger eine florierende Kfz-Werkstatt von seinem Vater übernommen hatte. Doch Jan wollte nicht Maschinenbau studieren, wie sein Vater es wollte. Nicht den Betrieb übernehmen. Es musste unbedingt Kiel sein und Biologie. Vielleicht den Master in Meeresbiologie machen.

»Nach dem Bachelor will ich ein paar Wochen auf einem Kutter arbeiten«, hatte er schon nach dem Abitur zu seinem Vater gesagt. »Mit den Händen arbeiten.«

»Hoffentlich kotzt du dir nicht die Seele aus dem Leib«, konterte sein Vater. »Und mit den Händen arbeiten, das könntest du auch in meinem Betrieb. Komm zu mir nach Pfaffenhofen.«

Aber da waren die Eltern schon längst geschieden und Jan lebte mit seiner Mutter im Norden. In Bremen, wo sie seitdem als Intensivschwester in einer Klinik arbeitet.

Und nun steht Jan bei einbrechender Dunkelheit in Fedderwardersiel am Hafen, wartet auf Fischer Knudsen und friert. Es ist Anfang Mai und tagsüber ganz schön warm, wenn, ja, wenn die Sonne scheint.

Eine raue Stimme reißt ihn aus seinen Gedanken. »Na Junge, dann komm mal mit!« Jan folgt dem Fischer. Hintereinander klettern sie an Deck der MARGARETHA, einem alten Fischkutter aus Holz, 15 Meter lang, 5 Meter breit.

»Mit deinem schicken Anorak kommst du nicht weit, mein Junge. Nachts ist es kalt da draußen.«

Knudsen schiebt den Elbsegler tiefer in die Stirn, greift einen wasserdichten, gefütterten Overall vom Haken und hält Jan ein Paar mit Lammfell gefütterte Gummistiefel hin. »Die sind von meinem Sohn. Die müssten passen.«

Jan nickt stumm. Der alte Knudsen hat einen Sohn? Warum fährt der nicht mit seinem Vater raus? Aber er selbst will ja auch nicht in den Betrieb seines Vaters einsteigen. Vielleicht ist das bei Knudsens Sohn genauso.

»Da kommt Enno mit den Papieren«, sagt Knudsen. »Wir fahren immer zusammen raus. Mein Neffe Enno wird mal den Kahn übernehmen, wenn ich zu klapprig werde.«

»Wenn wir bis dahin nicht pleite sind!«, murmelt der Mann namens Enno, knurrt ein Moin in Jans Richtung und mustert den jungen Mann mit zusammengekniffenen Augen.

Wohl wieder so ein maulfauler Ostfriese, denkt Jan. Der befürchtet sicher, dass ich ein Landei bin, das nur bei der Arbeit stört.

Knudsen lässt den Motor an, ein sattes Dröhnen des 250-PS-Diesels. Enno löst die Tampen und springt an Bord, eine brennende Zigarette im Mundwinkel.

»Aufschießen«, befiehlt er knapp. Jan nickt. Das kann er, die Leinen zu Bündeln aufschießen. Auch die Seemannsknoten hat er in den letzten Wochen immer wieder geübt. Enno nickt kommentarlos.

Jan gesellt sich zu Knudsen ins Führerhaus.

»Nimm mal das Ruder«, sagt Knudsen zu Jan. »Wir haben ablaufend Wasser, schau auf die Tonnen. Halt dich frei. Links die grünen, rechts die roten.«

Jan nickt. »Ich weiß. Beim Einlaufen in die Weser ist es umgekehrt.«

Knudsen klopft ihm auf die Schulter.

Sie kommen gut vorwärts, die Tide zieht den Kutter aus der Wesermündung an Mellum vorbei Richtung Wangerooge, Wind aus Südwest. Die Wellen werden höher, der Kutter reitet sie souverän ab. Sie machen gute Fahrt, lassen Wangerooge backbord hinter sich liegen. Die Maschine stoppt.

»Erst mal 'nen Schnaps.« Enno holt den Köm aus der Backskiste. »Ekke Nekkepenn braucht seinen Schluck, sonst wird er böse!«

Mit lockerer Hand gießt er einen ordentlichen Schuss ins Meer. Beide Männer setzen die Flasche kurz an den Mund, schlucken. Knudsen schaut Jan fragend an, der schüttelt den Kopf. Der alte Fischer nimmt die Buddel wieder an sich, schraubt sie zu, verstaut sie in der Kiste.

»Für später! Nicht während der Arbeit!«

Mit zwei bis drei Knoten Schrittgeschwindigkeit bewegt sich der Kutter durchs Wasser, die Netze dürfen auf keinen Fall in die Schraube gelangen. Für Schollen und Seezungen müssten sie weiter raus. In Küstennähe fräßen die Seehunde alles weg, behauptet Knudsen.

Enno erklärt Jan, was er zu tun hat. Das Fanggeschirr zu fieren, backbord und steuerbord gleichzeitig, das ist eine heikle Angelegenheit, erfordert hohe Konzentration. Der dicke Draht auf den Winden wickelt sich ab. Die schweren Baumkurren mit den großen Netzen tauchen ab, die Hartgummirollen unten am Netz berühren den Boden kaum, schrecken aber die Krabben auf. Die Tiere fliehen ins Netz, werden bis in den sogenannten Stert getrieben, aus dem es kein Entkommen gibt.

»Eine umweltverträgliche Fangweise, ohne ökologische Schäden«, meint Knudsen.

Nach zwei Stunden stoppt er die Maschine, Enno schnippst seine Zigarette über Bord. Knudsen kommt nach draußen, die Kapuze der Öljacke hochgeschlagen. Jede Hand wird gebraucht. Mit der hydraulischen Winsch ziehen sie die beiden Baumkurren gleichzeitig hoch. Der Kutter liegt stabil zwischen den beiden Netzen.

»Im Backbordnetz liegt was drin«, sagt Knudsen. Ihm fällt die Pfeife aus dem Mund.

»Sieht aus wie ein großer Fisch«, überlegt Jan. Enno zieht am Beiholer, um das Netz näher heranzuziehen.

»Schiet, das sieht komisch aus. Wie angefressen.«

Enno kneift die Augen zusammen. »Wahrscheinlich ein verirrter Schweinswal. Von Robben angeknabbert.«

»Glaub ich nicht«, knurrt der alte Fischer, stemmt sich nach hinten, um das Netz aufs Deck zu ziehen. »Los, nicht glotzen! Anpacken!«

Im Netz hängt kein Schweinswal, auch keine Robbe. Im Netz liegt ein Mensch. Ein toter Mann. Angefressen von Fischen oder Robben. Jan wankt zur Reling, würgt.

»Nicht gegen den Wind«, schreit Enno. »Zur Lee-Seite, du Dösbaddel!« Aber auch er ist ziemlich blass.

Mit schnellen Schritten ist Knudsen am Seefunkgerät im Niedergang und wählt Kanal 16.

»Bremerhaven Weser Traffic, Bremerhaven Weser Traffic, Bremerhaven Weser Traffic! Hier ist Kutter MARGARETHA! Kutter MARGARETHA! Bitte melden! Melden!«

Ein knackendes Geräusch. Eine ruhige Männerstimme: »Bremerhaven Weser Traffic! Bremerhaven Weser Traffic! Was ist, Knudsen? Hier ist Johann. Wechsel auf Kanal 22!«

»Ok, mach ich. Kanal 22. Johann, wir haben ein Problem!«

»Warte, ich habe euch auf dem Bildschirm. Doch wohl nicht Mann über Bord?«

»Eher das Gegenteil. Leiche an Bord.«

»Du machst Witze. Doch nicht euer Greenhorn?«

»Um Gottes willen! Nee, mit dem Netz aus dem Wasser gezogen. Sieht schlimm aus. Könnt ihr ein Boot schicken? Küstenwache oder Wasserschutzpolizei. Egal, wer in der Nähe ist.«

»Eure Koordinaten?«

Knudsen guckt aufs GPS: »53° 47' 30" N und 7° 58' 45" E.«

»Haltet die Position. Notiert alle Daten: Uhrzeit, eure Position, Wetterdaten und Strömung. Und fasst nichts an. Im Moment liegt ein Boot der Wasserschutzpolizei Wilhelmshaven in Wangerooge. Ich versuche es rauszuschicken. Sonst müsst ihr sofort nach Wilhelmshaven. Kann etwas dauern, bis das Boot da ist. Nichts anfassen!«

»Als würden wir freiwillig was anfassen!« Enno schüttelt sich. »Hoffentlich kommen die raus und nehmen den Toten mit. Ich brauche 'nen Schnaps. Ist gut für den Magen!«

»Nein!«, sagt Knudsen. »Nicht, wenn die Wasserschutzpolizei gleich an Bord kommt.«

Wasserschutzpolizei an Bord

Schon nach kurzer Zeit sehen sie Suchscheinwerfer, die die Nacht durchschneiden, hören Motorengeräusche, die näherkommen. Jan verkrümelt sich hinter einen Stapel Kisten und schaut angestrengt auf das sich nähernde Polizeiboot. Er vermeidet es, auf das Netz zu gucken, in dem die Leiche zwischen all den Krabben liegt. Vereinzelte Schollen und Seezungen – der Beifang – schnappen gierig nach Luft. Jans

Magen ist leer, aber er würgt immer noch. Enno lässt das Fallreep hinunter, bindet zwei Fender an die Reling.

Ein kleineres Küstenstreifenboot geht längsseits. Behände klettern zwei Uniformierte an Bord. Jan reißt die Augen auf und schluckt heftig. Der eine Polizist ist eine Polizistin. Eine hübsche noch dazu. Und offensichtlich keine Friesin mit ihren dunklen Augen und fast schwarzen Haaren, die im Nacken zum Pferdeschwanz zusammengebunden sind.

»Löschner«, sagt der Beamte knapp. »Kriminaloberkommissar Löschner. Meine Kollegin, Polizeianwärterin Luisa Vieira dos Santos.«

Die junge Frau grüßt freundlich, zeigt eine Reihe blendend weißer Zähne mit einer kleinen Lücke in der oberen Reihe, tritt forsch zu dem ausgebreiteten Netz und kniet sich hin, um den Toten näher in Augenschein zu nehmen.

»Vom Wasser aufgedunsen und übersät mit Bisswunden«, sagt sie. »Der Mann ist bis zur Unkenntlichkeit entstellt. Robben? Möwen? Der muss in die Rechtsmedizin.«

Sie schaut ihren Vorgesetzten an. Der zückt sein Funkgerät.

»Kommen Ihre Kollegen raus?«, will Knudsen wissen.

»Tut mir leid, tun sie nicht. Sie müssen mit uns nach Wilhelmshaven«, sagt der Kommissar. »Auch wir dürfen hier nichts anfassen, geschweige denn die Leiche bewegen, ehe die Spurensicherung vor Ort ist.«

»Das darf doch nicht wahr sein«, braust Enno auf. »Wir haben kaum was gefangen in den letzten Wochen. Und gerade jetzt, wo es so aussieht, als ob es heute Nacht läuft, müssen wir abbrechen.«

»Tut mir wirklich leid«, nickt Löschner. »Ich kenne eure Probleme. Aber wir können da nichts machen. Gesetz ist Gesetz!«

Knudsen zuckt resigniert mit den Schultern. Enno schäumt vor Wut.

»Gesetz ist Gesetz. Dass ich nicht lache. Und wo steht im Gesetz, wer uns den Schaden ersetzt?«

Der Kriminalkommissar scheint Erfahrung zu haben mit solch emotional aufgeladenen Szenen. Er bleibt ruhig, lässt sich nicht provozieren. Sein Funkgerät piepst. Er hält es ans Ohr, lauscht einen Moment. »Alles klar, Chef.«

»Ich muss leider zurück aufs Schiff. Ein dringender Funkspruch: Personen im Watt bei einsetzender Flut. Meine Kollegin bleibt bei Ihnen an Bord. Heute ist der Teufel los und wir sind – wie immer – unterbesetzt.«

Die junge Polizistin schaut verunsichert auf ihren Chef. »Allein?«

»Tut mir leid, Frau Vieira dos Santos«, sagt Löschner. »Ihr erster selbstständiger Einsatz. Sie sind von jetzt ab verantwortlich für die Leiche. Dass sie unbeschadet ankommt.« Er grinst. »Keine Angst, die läuft Ihnen nicht weg. Die ist ja schon tot.« Dröhnendes Gelächter. Er klettert zurück auf das kleine Küstenwachtboot.

»Soll ich einen heißen Kaffee machen?«, fragt Jan.

Im selben Moment möchte er seine Worte zurücknehmen. Wie idiotisch ist das denn? Enno denkt bestimmt, er will sich vor der hübschen Polizistin nur großtun. Der alte Fischer rettet die Situation und nickt Jan freundlich zu.

»Tu das, Jan. Für uns alle. Wir können was Heißes gebrauchen. Die junge Dame sicher auch.«

Die junge Dame runzelt die Stirn, lächelt Jan an, das Grübchen am Kinn vertieft sich und sie sagt: »Das wäre nett von Ihnen.«

Jan verzieht sich in die Kombüse, die Polizistin macht Fotos, Knudsen bringt die Maschine auf Touren und Enno beschäftigt sich mit der Winsch. Schweigend nippen sie an ihren Bechern. Der Kaffee tut gut. Niemand ist zum Plaudern aufgelegt. Der tote Mann auf dem Vordeck ist für alle nur zu sichtbar. Je näher sie der Küste kommen, desto mehr Möwen umkreisen das Schiff. Ihre Angriffe werden immer kühner.

»Können wir die Leiche nicht wenigstens abdecken?« Jan wendet sich an die Polizistin.

»Solange wir sie nicht berühren. Wir dürfen keine Spuren verwischen.«

»Wenn wir nicht aufpassen, werden die Möwen bald alle Spuren vernichtet haben.«

»Da haben Sie recht.«

Spinne ich, denkt Jan. Schaut sie mich wirklich interessiert an? Wahrscheinlich möchte sie auch nicht stundenlang auf eine Leiche starren. Und noch dazu auf eine Leiche mit diesem grässlichen Aussehen.

»Wasserleichen sehen immer schrecklich aus«, sagt die Polizeianwärterin als könne sie Jans Gedanken lesen. »Es ist schwer, sich an ihren Anblick zu gewöhnen.«

»Aber Sie können das doch ganz gut«, gibt Jan verblüfft zurück. »Sie haben sich sogar hingekniet, um die Leiche genauer anzuschauen.«

Die Polizistin zuckt die Schultern. »Man gewöhnt sich daran, sonst könnte ich meinen Beruf direkt an den Nagel hängen.«

»Sind Sie gern Polizistin?«, bricht es aus Jan heraus, ehe er sich stoppen kann. Wie kann er nur so eine persönliche Frage stellen!

Luisa Vieira bleibt gelassen. »Sie glauben nicht, wie oft ich diese Frage höre. Ich wollte schon immer zur Polizei. Ja, ich habe gekämpft, um bei der Wasserschutzpolizei mein Praktikum machen zu dürfen. Hört sich vielleicht etwas pathetisch an, aber ich möchte meinen Teil dazu beitragen, die kriminellen Machenschaften auf See zu bekämpfen. Klingt ein bisschen größenwahnsinnig, ich weiß.«

Sie streicht mit der Hand über die Reling, leckt das Salzwasser von ihren Fingern.

»Ich liebe das Meer. Ich segle mit meiner Jolle oft zu den Inseln raus. Und Sie? Machen Sie eine Ausbildung zum Fischwirt?«

»Nein, nur ein Praktikum. Herr Knudsen nimmt mich netterweise ein paar Wochen mit auf seinem Kutter. Wenn ich Glück habe – und gute Noten natürlich –, dann möchte ich später beim Alfred-Wegener-Institut arbeiten.«

Jan bricht ab. Hält sie ihn jetzt für einen Angeber?

Aber Luisa guckt ihn interessiert an. »Wollen Sie an Bord der POLARSTERN das Klimasystem in der Arktis erforschen?«

Mittlerweile sitzen beide nebeneinander auf der Backskiste auf der windabgewandten Seite des Ruderhauses.

»Mich hat die Wissenschaft ja nie so gereizt, ich wollte schon immer was Handfestes machen.«

»Sie meinen, Verbrecher zu jagen ist spannender?« Jan könnte sich ohrfeigen. Jetzt wird sie ihm endgültig böse sein. Ihn für einen arroganten Schnösel halten, der sich für was Besseres hält.

Zu seiner Erleichterung lacht sie. »Sie meinen, ich hätte zu viele Krimis gesehen? Vielleicht. Ich werde ein weiblicher Sherlock Holmes der Meere. Und Sie ein akademisch gebildeter Dr. Watson. Eine realistische Perspektive?«

»Das wäre schön!«, sagt Jan, ehe er sich bremsen kann.

Enno kommt mit frisch aufgebrühtem Kaffee aus dem Ruderhaus und reicht den jungen Leuten die heißen Becher.

»Hier noch ein warmer Schluck. Damit die Turteltäubchen nicht erfrieren.«

Nun wird auch die Polizistin verlegen und steht auf. »Ich muss meine Arbeit tun.«

Dabei gibt es im Moment nichts zu tun. Gar nichts.

Gegen Wind und Tide brauchen sie über zwei Stunden, ehe sie in Wilhelmshaven anlegen. Es ist stockdunkel. Die Tatortgruppe der Polizeiinspektion Wilhelmshaven/Friesland steht schon im Hafen bereit, um mit der Sachverhaltsaufnahme und der Spurensicherung an Bord zu beginnen.

Der Polizeiarzt geht in die Knie, beugt sich über die Leiche. Weder die Identität des Toten noch die Frage, ob Fremd- oder Eigenverschulden vorliegt, kann vor Ort festgestellt werden.

»Ich vermute, der Staatsanwalt wird eine Obduktion anordnen«, sagt der leitende Kommissar, der zusammen seinem Kollegen Löschner auf die Ankunft der MARGARETHA gewartet hat.

Ein Leichenwagen, der den Toten ins gerichtsmedizinische Institut nach Oldenburg bringen wird, ist geordert. Knudsen schildert die Situation auf dem Wasser. Enno und Jan werden als Zeugen vernommen.

»Ist der Mann ermordet worden?«, fragt Jan.

»Das wissen wir noch nicht«, antwortet der Kommissar. »Selbstmord kann man nie ausschließen.«

»Den begehe ich auch bald, wenn man uns nicht endlich in Ruhe fischen lässt«, bellt Enno. »Wir haben Familien zu ernähren. Und die Quoten werden von Jahr zu Jahr gesenkt.«

»Ich weiß«, nickt der Arzt. »Auch ich komme aus einer Fischerfamilie.« Alle schweigen.

»Enno ist zur Zeit mit den Nerven nicht gut zu Fuß«, sagt Knudsen mit einem um Entschuldigung bittenden Blick. »Wir Krabbenfischer sind in einer schwierigen Situation. Die EU-Gesetze werden immer schärfer, die niederländische Konkurrenz immer härter. Die Niederländer dürfen viel höhere Quoten fangen als wir, deren Fischereilobby arbeitet viel erfolgreicher als unsere. Die Kühlhäuser sind vollgestopft mit in Marokko gepulten Krabben, der Preis ist so tief gesunken, dass es sich für uns kaum noch lohnt hinauszufahren. Wenn das so weitergeht, werden wir uns wohl nicht mehr lange halten können.«

Luisa Vieira und ihr Chef gehen zum Polizeiboot, springen an Deck und lösen die Leinen.

»Hier werden wir nicht mehr gebraucht«, stellt Kriminaloberkommissar Löschner fest. »Der nächste Einsatz wartet.«

Jan blickt dem Schiff der Wasserschutzpolizei hinterher. Hat sich die Polizistin umgedreht? Was für große, dunkle, Augen sie hat und wie geschmeidig sie an Bord gesprungen ist.

»Nun träum nicht!«, sagt Knudsen und legt die Hand auf Jans Schulter. »Man begegnet sich im Leben immer zweimal.«

Diesmal löst Jan den Festmacher und springt mit der langen Leine in der Hand aufs Boot, rollt sie zusammen und verknotet sie, dann verstaut er sie vorne in der Kiste. Knudsen startet den Diesel. Der Wind hat nach Südwest gedreht. Für die Krabbenfischer ist die Nacht noch nicht zu Ende.

Zum Fischerjungen

Der zweite Fang ist mickrig, die Plackerei mit den Schleppnetzen hat sich nicht wirklich gelohnt. Sie haben mit der Fahrt nach Wilhelmshaven viel Zeit verloren.

»Man fischt glücklicherweise nicht jede Nacht eine Leiche aus dem Wasser«, brummt Knudsen und nimmt Kurs auf die Kaiserbalje in Richtung Fedderwardersiel.

Die Tide ist günstig, so schiebt das auflaufende Wasser den Kutter Richtung Heimathafen. Mit der MARGARETHA können sie zwei Stunden vor und nach dem Hochwasser in den Hafen von Fedderwardersiel einlaufen. Ein fahles Morgenrot am Horizont.

»Schlechtes Zeichen«, behauptet Knudsen. »Wieder Regen. Den ganzen Tag. Aber mir egal. Ich muss erst mal ausschlafen.«

»Wieso wird es regnen?«, fragt Jan. »Wegen des Morgenrots? Die Bauernregeln stimmen doch nicht, oder?«

»Fischerwissen!«, behauptet Knudsen. »Jau, wegen dem Morgenrot. Wir Küstenleute können das Wetter vorhersagen. Du wirst sehen.«

Enno und Jan spritzen den schmalen Fang mit Meerwasser ab. »Speisegarnelen müssen für den Verkauf mindestens fünf Zentimeter lang sein, das ist Vorschrift«, erklärt Enno.

Die Tiere werden in einen großen silbernen Kochkessel aus Edelstahl geworfen und zehn Minuten in Meerwasser gekocht, um sie haltbar zu machen. Zwar gibt es ein Rüttelsieb, aber das menschliche Auge ist beim Sortieren nicht zu ersetzen. Nach Größe werden die Krabben in Kisten sortiert. Jan kämpft gegen den Würgereiz, wenn er daran denkt, dass eine Leiche auf den Krabben gelegen hat. Aber das wissen die Kunden glücklicherweise nicht.

»Die Maschengröße der Schleppnetze ist vorgeschrieben, damit sich nicht zu viele Fische im Netz verheddern«, erklärt Enno. »Früher wurde der Beifang einfach über Bord geworfen, heute müssen die ungewollt gefangenen Fische nach neuester Gesetzeslage gesondert gesammelt und zum Ärger der Fischer zur Kontrolle mit an Land gebracht werden. Die Behörden wollen kontrollieren, ob die Netze zu engmaschig sind. Dabei wissen wir Fischer doch selbst, dass es nichts bringt, zu kleine Tiere zu fangen. Die Fische müssen erst ablaichen.«

»Prinzip der Nachhaltigkeit«, ergänzt Jan.

»Nachhaltigkeit!« Enno spuckt das Wort geradezu aus. »Nachhaltigkeit! Auch wieder so ein hochgelehrtes Wort, das kaum jemand versteht. Was sollen die einfachen Leute mit einem Wort wie Nachhaltigkeit. Den Menschen muss einfach klar gemacht werden, dass das Überleben des ganzen Globus auf dem Spiel steht. Dass zukünftige Generationen unter Umständen nichts mehr zu fressen haben. Die Westküste Afrikas ist jetzt schon leergefischt.«

Jan holt Luft, widerspricht aber nicht.

Eineinhalb Stunden später biegen sie in den Fedderwarder Priel ein, motoren den Priggenweg entlang, tuckern problemlos in den Hafen. Eine Stunde vor Hochwasser haben sie genügend Wasser unterm Kiel. Der Hafenmeister steht auf der Kaimauer, hebt grüßend die Hand.

Enno wirft ihm die lange Leine zu, er fängt sie geschickt aus der Luft, fädelt sie durch den Ring einer langen Eisenkette und wirft sie zurück. Enno zieht den Kutter an den für die MARGARETHA reservierten Liegeplatz und belegt die Leine an Bord. Ausladen, wiegen, Netzkontrolle, draußen stehen die holländischen Lastwagen bereit, die die Krabbenkisten zum Pulen nach Marokko bringen.

»Es gibt auch Krabbenpulmaschinen hier an der Küste, aber dann sind die Krabben den Geiz-ist-geil-Deutschen zu teuer«, schimpft Enno. »Eine Schande ist das! Die Betriebe, in denen früher hauptsächlich Frauen die Krabben gepult haben, mussten aufgeben.«

»Das war's!«, sagt Knudsen. »Auf *Zum Fischerjungen*!«

»Nee, ist mir zu spät«, brummt Enno. »Die Frau hat eine Whatsapp geschickt. Sie ist krank. Ich soll mich um die Kinder kümmern. Bis heute Abend!«

»Der hat's auch nicht leicht.« Knudsen schaut zu, wie sich sein Neffe in den klapprigen Dacia setzt und mit qualmendem Auspuff vom Parkplatz rumpelt. Besorgt schüttelt den Kopf.

Die kleine Kneipe *Zum Fischerjungen* ist trotz der frühen Stunde gut gefüllt. Es ist warm im Raum, die Luft riecht nach Fisch und Meerwasser. Knudsens Brillengläser beschlagen sofort. Männer in Gummistiefeln und blauen oder grünen Overalls sitzen an grob gezimmerten Holztischen und schaufeln große Portionen Eier mit Speck in sich hinein, tunken grobes Vollkornbrot in weiß-blaue Kaffeepötte. Ein hin und her wabernder Geräuschpegel.

»Moin!«, grüßt Knudsen.

»Moin!«, echot Jan.

»Tür zu und setzt euch her!« Ein älterer Fischer auf einer Bank an der Fensterseite rückt zwei leere Stühle.

»Ihr seht ja total kaputt aus. Besonders der Junge! Hast du ihn zu hart rangenommen?« Er lacht freundlich und schiebt seinen Elbsegler zurecht.

Jan schüttelt den Kopf. »Nee! Überhaupt nicht!«

»Hörst du, Johan? Überhaupt nicht, sagt der Junge.« Knudsen drückt Jan auf einen der Stühle und legt ihm die Hand auf die Schulter.

»Das war Jans erste Ausfahrt. Erst lief alles glatt. Aber dann – was ziehen Enno und der Junge aus dem Wasser? Du glaubst es nicht: eine Wasserleiche!«

Die Gespräche verstummen schlagartig. Ein Dutzend Männer blicken mit offenem Mund auf die beiden Neuankömmlinge.

Ein wohlbeleibter Fischer, so um die vierzig, bleibt auf halbem Weg zum Ausgang abrupt stehen, mit der Zigarettenschachtel in der Hand. Sein tiefer Bass füllt den Raum: »Hoffentlich war das einer der holländischen Aufkäufer. Die schnüren uns mit ihren Gangsterpreisen noch den Hals ab.«

Er zündet sich die Zigarette an, ehe er die Tür erreicht. Der Wirt am Tresen will einschreiten, überlegt es sich aber anders, klappt den Mund wieder zu.

»Hast ja recht, Fiete«, sagt ein Fischer am Mittelgang, nimmt die rote Wollmütze vom Kopf und kratzt seinen kahlen Schädel. »Die holländischen Aufkäufer sind Gauner, ohne Zweifel. Wenn einer von uns aufgibt und seinen Kutter stilllegen will, sind sie da wie die Aasgeier. Haben schon längst eine Briefkastenfirma in Deutschland, beantragen die Plakette, schrauben sie an einen ihrer großen Trawler und – schwupps

– wird der zugelassen. Und dann fischen sie in deutschen Gewässern. Mit großen Stahlkuttern. Alles ganz legal. Wenn du den Kerl umbringst, bist du es, der in den Knast kommt.«

Allgemeines Gebrummel. Worte wie »Hals umdrehen«, »ins Hafenbecken schmeißen«, »einfach erschießen« schwirren durch den Raum.

»Wenn ich mir aussuchen könnte, wen ich am liebsten um die Ecke bringe, dann würde ich meinen Banker ins Meer schubsen«, poltert Johan. »Als alles gut lief, sind sie uns mit Krediten hinterhergelaufen. Neue Schiffe bräuchten wir. Räuchereien sollten wir aufmachen. Ferienhäuser bauen. Jetzt muss man auf den Knien rutschen, um einen kleinen Überziehungskredit genehmigt zu kriegen.«

»Genau. Der Piet, der brauchte vor ein paar Monaten dringend einen Kredit. Wurde von der Bank abgelehnt. Und dann ist er auf einen dieser Kredithaie hereingefallen. Hat einen Knebelvertrag unterschrieben. Übrigens kein Holländer, sondern ein Däne. Der hat ihm Geld geliehen, und nun muss Piet in den nächsten Jahren seinen gesamten Fang an ihn abliefern«, poltert Fiete.

»Das liegt doch alles an den Sesselfurzern in der EU«, mischt die rote Wollmütze sich wieder ein. »Keine Ahnung von nix. Aber Gesetze machen, die uns die Existenz zerstören. Machen ihre Messungen da, wo keine Fische sind und sagen, die Fischbestände hätten abgenommen. Ist ja so, als ob man

Rindviecher zählen will und in die Ecke der Wiese guckt, wo keine stehen. Es gibt keine Kühe mehr, melden die dann nach Brüssel. So einen EU-Inspektor würde ich liebend gern über Bord gehen lassen.«

»Nu mal langsam«, beschwichtigt Knudsen. »Wir müssen gerecht bleiben. Die Kontrollen sind schon wichtig, sonst gibt es bald überhaupt keine Fische mehr.«

»Gibt es doch sowieso nicht«, sagt Fiete. »Welche Familie kann denn noch von der handwerklichen Fischerei leben? Die sollten sich mit den großen Kuttern beschäftigen, mit den niederländischen und dänischen Trawlern, die alles wegfangen, was ihnen in die Quere kommt. Auf hoher See schalten die ihr AIS-System aus und fälschen die Logbücher. Außerdem zerstören die mit Bleikugeln beschwerten Grundnetze den Meeresboden, genau dort, wo die Fische ihre Laichplätze haben.«

Ein junger Mann am Nebentisch, der bisher schweigend zugehört hat, mischt sich ein.

»Und unsere Regierungsvertreter lassen sich von den Lobbyisten der Fischereiindustrie unter Druck setzen und erpressen. Die kleinen Fischer, die kann man schikanieren, die können sich nicht wehren. Die Kleinen hängen, die Großen lässt man laufen, das ist in der Weltgeschichte schon immer so gewesen.«

»Du weißt das genau«, grinst Knudsen, »wie es in der Weltgeschichte zugegangen ist. Du bist ja auch so alt wie Methusalem.«

Die anderen Fischer lachen. Der junge Mann funkelt Knudsen böse an. Er wendet sich an Jan.

»Ich bin Birger. Einer der wenigen Gewerkschaftsvertreter hier. Nur gemeinsam haben wir eine Chance gegen die Fisch-Mafia. Wir brauchen dringend jüngere Leute. Willst du nicht zu uns kommen? Die Alten haben längst resigniert.«

»Ich mache nur ein Praktikum auf dem Kutter.« Verlegen fügt Jan hinzu: »Ich studiere Biologie.«

»Ach so, ein Studierter«, motzt Birger. »So einer, der später im Büro sitzt und den Fischern die Quoten vorschreibt.«

»Nun lass mal den Jan in Ruhe.« Knudsen hebt beschwichtigend die Hand. »Er ist doch diese Nacht zum ersten Mal mit rausgefahren. Und übrigens, Birger, von deinen militanten Aktionen bin ich auch nicht begeistert.«

»Gewalt gegen Sachen ist erlaubt«, behauptet Birger und schaut Knudsen herausfordernd an.

»Nein. Ist sie nicht!«

»Birger hat doch Recht«, ruft ein Mann namens Heiko von hinten. »Warum helfen sie uns kleinen Fischern nicht? Wir nehmen uns doch nur, was wir brauchen. Unsere Kutter sind zu klein, um ganze Fischarten auszurotten. An die großen Konzerne müssen sie ran. Warum gibt es in Bremerhaven keine Fischkutter mehr? Vor den großen Hallen der Fisch-fabriken stehen nur noch Laster aus Hanstholm. In Hanstholm legen die großen Kutter und Trawler an, denn die dänischen

Kontrollen sind lasch. Die Organisation *Sea Shepherd* sagt, dass mit Piraten-Fischerei mehr Geld gemacht wird als mit Drogen oder Menschenhandel. Auch in europäischen Gewässern.«

Knudsen steht abrupt auf. Mit schweren Schritten geht er nach hinten zu den Toiletten. Johan wendet sich an Heiko und Birger.

»Jungs, lasst Knudsen das Wort *Sea Shepherd* bloß nicht hören, dann dreht er ab. Sein Sohn macht da mit.«

»Wie?« Jan kann nicht fassen, was er gerade hört. »Knudsens Sohn ist bei *Sea Shepherd*? Echt jetzt?«

»Ja, es hat einen riesigen Krach gegeben zwischen Vater und Sohn. Der Junge sollte halt den Kutter übernehmen. Ins väterliche Geschäft einsteigen. Der wollte aber nicht. Hat Nautik studiert, ist ein paar Jahre zur See gefahren, hat sein Kapitänspatent gemacht. Und nun ist er bei *Sea Shepherd* eingestiegen. *Greenpeace*, das hätte der Alte vielleicht noch toleriert. Aber ein militanter Held sein und sein Leben zu riskieren, das ging ihm doch zu weit.«

»Deswegen kriegt Enno den Kutter?«

»Genau«, sagt Johan. »Ist auch nett von ihm. Nur befürchte ich, wenn es so weitergeht mit den Quoten, sind wir bald alle pleite. Dann kann Enno die laufenden Kosten nicht mehr aufbringen und muss das Boot verkaufen. Oder stilllegen. In Brüssel diskutieren sie über eine Abwrackprämie, auch für die Nordseefischer.«

»Ennos Frau geht es wirklich nicht gut«, erklärt Knudsen, nachdem sie schweigend die schaumigen, in Butter gebratenen Rühreier und die knusprigen Speckscheiben verzehrt haben. Er seufzt und wischt sich den Mund mit der Serviette ab.

»Die Valerie ist nicht ganz gesund. Oft schafft sie es nicht, den Kleinen in den Kindergarten zu bringen. Die Größere geht schon alleine in die Schule.«

Jan nickt, fragt aber nicht nach. Er merkt erst jetzt, wie sehr ihn die Ereignisse der letzten Nacht gebeutelt haben. Wortkarg schiebt er die Reste des Rühreis auf seinem Teller zusammen, spießt auch noch eine krosse Scheibe Bacon auf die Gabel. Er ist todmüde, muss aufpassen, dass ihm die Augen nicht zufallen.

»Wird schon wieder.« Knudsen schlägt ihm zum Abschied seine Pranke auf die Schulter. »Schlaf dich erstmal aus. Und heute Abend treffen wir uns am Boot. Diese Nacht fischen wir vor Mellum. Das ist nicht so weit draußen.«

Familiäre Probleme

»Was ist los, mein Kleiner?«, fragt Enno und hebt seinen schluchzenden vierjährigen Sohn auf den Schoß. »Wer hat dir wehgetan?«

»Mama«, sagt der Junge und kuschelt sich an seinen Vater. »Mama hat mich gehauen. Ganz fest.« Anklagend zeigt er auf seine feuerrote Wange. »Ins Gesicht! Das darf man nicht, hast du gesagt.«

Enno seufzt. Valerie war wohl wieder ausgerastet. Das passierte immer häufiger in letzter Zeit.

»Schätzchen, Mama geht es im Moment nicht gut. Sie meint es nicht so.«

»Doch«, schluchzt Tommi. »Sie hat gesagt, sie will mich weggeben. In ein Heim, weil, weil ich böse bin. Ich bin nicht böse, Papa, oder?«

Enno richtet sich auf, drückt seinen Jungen an sich, streicht ihm übers Haar. »Nein, du bist nicht böse. Und Mama hat dich lieb.«

»Hat sie nicht«, beharrt der Kleine. »Sie hat nur Anna lieb. Mit Anna schimpft sie nie.«

Kein Wunder, denkt Enno. Die achtjährige Tochter ist mittlerweile so verschreckt, dass sie pausenlos damit beschäftigt ist, die Wünsche ihrer Mutter zu erraten. Sie bockt nicht, sie trotzt nicht wie Tom, wenn er seinen Willen nicht bekommt. Seine muntere Anna ist still geworden, versucht nicht aufzufallen. So kann es nicht weitergehen.

»Mama meint es nicht so«, wiederholt Enno und küsst seinen Sohn. »Und jetzt geh spielen, bitte.«

Mit hängendem Kopf zieht der Kleine ab.

Was soll er bloß tun? Es ist nicht so, dass er Valerie noch liebt. Ganz im Gegenteil, er kann ihre Stimmungsschwankungen nicht mehr ertragen: Wutausbrüche, dann überbordende Fröhlichkeit, immer wieder depressive Zustände, die sie tagelang ans Bett fesseln. Er ist schuld, wenn es ihr schlecht geht, behauptet sie.

»Sie ist halt sehr emotional«, hatte er seinem Vater erklärt, nachdem er ihm gebeichtet hatte, Valerie heiraten zu wollen.

»Das ist nicht dein Ernst«, hatte sein Vater protestiert. »Die Frau ist krank. Nimm dir eine Frau, die arbeiten kann. Eine gute Geschäftsfrau. Die brauchst du, sonst kannst du unseren Betrieb bald dichtmachen.«

Ennos Vater besaß eine gutgehende Räucherei mit angeschlossenem Ladenverkauf. Die ersten Touristen waren Ende der fünfziger Jahre gekommen, es wurden immer mehr, der Wohlstand im Nachkriegsdeutschland wuchs. Erholungsbedürftige, gut verdienende Ruhrgebietler gierten nach frischer Nordseeluft, bevölkerten die Strände, der Strandkorbverleih der Familie boomte, die Räucherei auch. Valerie war schön. Und leidenschaftlich. So verliebt war er noch nie gewesen. Solch eine Intensität an Gefühlen hatte er noch von keiner Frau bekommen. Valerie hatte ihn mit Zärtlichkeit überschüttet. Ihr Hunger nach Sex war unermesslich gewesen. Sie verbrachten Tage im Bett, er erlebte eine emotionale Verschmelzung, die ihm außerirdisch erschien.

»Du bist der tollste Mann, der mir je in meinem Leben begegnet ist«, schmeichelte sie. »Ohne dich will ich nicht weiterleben. Ohne dich bringe ich mich um.«

»Manisch-depressiv«, hatte seine weitsichtige Mutter gesagt, nachdem sie darüber einen Artikel in der *Brigitte* gelesen hatte. »Lass bloß die Finger von ihr!«

Aber er wollte die Finger nicht von ihr lassen. Diese Frau war ein Geschenk des Himmels. Gut, ihre depressiven Einbrüche machten ihm Angst. Aber das würde er schon hinkriegen, mit Liebe und Geduld. Und als sie ein Kind wollte und ihm in rosaroten Farben schilderte, dass dann alles gut werden würde, willigte er ein. Sie setzte die Pille ab, sie wurde schwanger. Anna, die kleine Tochter, wurde geherzt und geküsst. Sie spielte mit dem Baby, als sei sie selbst noch ein Kind. Man sollte nie auf seine Eltern hören, dachte Enno damals. Er genoss die weiche, hingebungsvolle Seite seiner Frau, ihre Ausgeglichenheit, ihre Zärtlichkeit im ersten Jahr mit dem Baby.

Anna wurde zwei Jahre alt, entwickelte altersgemäß einen Dickkopf und warf sich kreischend auf den Boden, wenn sie ihren Willen nicht bekam. Valerie wollte ein zweites Kind. Wieder warnte die Mutter, die sich mehr und mehr um Anna kümmerte, sich aber nicht zutraute, zwei Kleinkinder zu betreuen. Das zweite Kind war ein Junge, kein einfaches Baby. Er hatte Koliken, schrie die Nächte durch. Stundenlang trug er den kleinen Tommi durch die Wohnung, nachdem er eines Nachts gesehen hatte, dass Valerie ausrastete und voller Wut das Baby schüttelte. Er riss es ihr aus den Armen.

»Bist du verrückt? Willst du den Kleinen umbringen?«

Valerie weinte. Natürlich war sie mit zwei Kleinkindern überfordert. Enno stellte im Laden eine Verkäuferin ein, da auch der Vater immer wieder ausfiel. Die Gicht machte ihm zu schaffen.

Enno traute sich kaum mehr, Valerie mit den Kindern allein zu lassen. Er bestand darauf, dass sie zum Arzt ging. Der verschrieb Beruhigungsmittel. Enno holte die Kinder morgens aus den Bettchen, fütterte sie, brachte sie dann zu einer Tagesmutter. Mit dem Betrieb ging es bergab. Die neue Angestellte entpuppte sich als Betrügerin, war eines Tages verschwunden, die Geschäftskasse auch.

Wenn es Valerie besser ging, führten sie ein erträgliches Familienleben, in dem Enno Familie und Arbeit miteinander in Einklang bringen musste. Eine Scheidung kam schon aus finanziellen Gründen nicht in Frage. Das würde die Familie vollständig ruinieren. Die Arztkosten und die Psychopharmaka, die verordnet wurden, fraßen das kleine angesparte Vermögen auf. Dann verschwand Söhnke zu der Organisation *Sea Shepherd* und Knudsen bot Enno an, in ein paar Jahren seinen Kutter zu übernehmen. Enno willigte ein, verkaufte die mittlerweile heruntergewirtschaftete Räucherei und fuhr nachts mit Knudsen auf die Nordsee zum Fischen. So war er tagsüber für die Kinder erreichbar, wenn Tom aus der Kita und Anna aus der Schule kam.

Aber offensichtlich stimmt an diesem Morgen etwas nicht. Tom ist nicht im Kindergarten, Anna nicht in der Schule. Er tröstet seinen Sohn, geht ins Schlafzimmer und findet eine heulende Valerie vor, die sich bitter über Tom beklagt. Enno rastet aus, reißt ihr die Bettdecke weg, schreit: »Steh auf, steh sofort auf! Warum ist Anna nicht in der Schule? Sag mir nicht, sie muss auf Tommi aufpassen, weil du nicht aus dem Bett kommst. Steh auf oder ich …!« Er hebt die Hand, außer sich vor Zorn und Hilflosigkeit.

»Nein«, schreit Anna. »Nicht Mama hauen!«

Enno wirbelt herum, hinter ihm steht seine kleine Tochter, leichenblass.

»Nicht Mama hauen! Mama ist krank!«

Enno lässt die Hand sinken, schämt sich. Nimmt das kleine Mädchen in den Arm.

»Nein, Schätzchen, ich haue Mama doch nicht.«

Er nimmt sie an die Hand, führt sie aus dem Zimmer und schließt die Tür.

»Komm, wir beide räumen auf und dann essen wir etwas Schönes. Worauf hast du Lust?«

»Pizza, Papa! Bitte, bitte eine Pizza!«

Anna fängt an, die Wäsche vom Boden aufzuheben und zu sortieren. Enno glaubt, ihm bricht das Herz. Dieses Kind sollte in der Schule sein, nicht den Haushalt führen.

»Komm, Anna«, sagt er. »Das mache ich später. Hol Tommi her, wir drei fahren zum Italiener, Pizza essen.«

»Und Mama?«, fragt die Kleine.

»Die bleibt im Bett. Sie ist krank.«

Anna nickt verständig. »Wir bringen Mama eine Pizza mit, dann geht es ihr sicher wieder besser.«

»Ja, klar, dann geht es ihr wieder besser.«

So kann es nicht weitergehen. Enno ist am Ende seiner Kraft. Wenn er nicht aufpasst, gehen die Kinder auch kaputt. Einen schönen, gemeinsamen Urlaub, den könnten sie gebrauchen. Aber dafür fehlt das Geld. Er muss bei der Bank bald wieder um einen Kredit bitten. Hoffentlich wird er ihm bewilligt. Er hat ja kaum noch Sicherheiten.

Enno denkt an den holländischen Geschäftsmann, der ihn vor ein paar Wochen vor seinem Haus angesprochen hat. Kam ihm komisch vor, denn der Mann kannte seinen Namen, seine Adresse, seinen Beruf. Stellte sich mit einem genuschelten Adrian de Groot vor und sagte, er sei Vertreter eines großen niederländsch-deutschen Immobilienbüros. Enno habe einen guten Namen als Fischer und viel Erfahrung mit der handwerklichen Fischerei. Aber man habe auch von seinen finanziellen Problemen gehört und den familiären Schwierigkeiten. An dieser Stelle wollte Enno gehen, den Mann stehen lassen.

»Woher wissen Sie …?«

Der Mann hatte abgewunken. Das sei jetzt uninteressant. Er wolle ihm ein lukratives Jobangebot unterbreiten. Eine sichere Position in einem expandierenden Unternehmen. Man müsse an der Küste auf Tourismus setzen. Da sei eine Menge Geld zu machen. Das müsse angelegt werden. Den kleinen Kutter von Fischer Knudsen zu übernehmen, das lohne sich doch überhaupt nicht.

Auch davon wissen die, hatte Enno nervös gedacht.

Der Mann hatte beruhigend gelächelt.

»Geen zorgen! Machen Sie sich keine Sorgen, überlegen Sie nur mein Angebot. Wir geben Ihnen ein bisschen Zeit. Natürlich nicht unendlich. Da warten noch andere.«

Enno hatte mit dem Kopf geschüttelt. Aber der Holländer hatte ihm einen Zettel mit einer Telefonnummer in Rotterdam in die Hand gedrückt.

»Überlegen Sie es sich gut«, hatte er gesagt. »Rufen Sie mich an, aber möglichst schnell. Es gibt noch mehr Fischer hier an der Küste, denen dringend geholfen werden muss und die froh wären, bei uns arbeiten zu können.«

Enno hasste das grinsende Gesicht des Mannes, den einschmeichelnden und gleichzeitig drohenden Unterton seiner Worte. Er hatte die Achseln gezuckt und war wortlos ins Haus gegangen. Der Mann hatte ihm nachgeschaut. Siegessicher.

Enno hatte den Zettel mit der Telefonnummer eigentlich zur Polizei bringen wollen. Aber die hätten ihn bestimmt ausgelacht. Warum kein Jobangebot auf der Straße? Was war daran illegal? Und dass der Mann seine persönlichen Umstände kannte? So what?

Enno war nicht zur Polizei gegangen, hatte die Telefonnummer aber auch nicht weggeworfen. Vielleicht sollte er diesen Adrian de Groot doch mal anrufen. Schaden tat das ja nichts, ablehnen konnte er immer noch.

Überraschungsbesuch

Jan hat in Fedderwardersiel eine kleine Wohnung gefunden, eigentlich einen Anbau, den die Vermieterin Frau Meyer-Wittlich nicht mehr nutzt, seit die Tochter das Haus verlassen hat und nach München gezogen ist. Frau Meyer-Wittlich ist Witwe und freut sich über ein bisschen Gesellschaft. Sie vermietet den Anbau im Sommer an Touristen: ein Wohnraum mit einem ausklappbaren Gästesofa, eine praktische Küchenzeile, ein winziges Schlafzimmer mit Bad und Dusche. Auf jeden Fall ist alles größer und komfortabler als Jans Bude im Kieler Studentenheim.

»In den Semesterferien wohnst du zu Hause«, hatte seine Mutter gesagt und sich bisher durchgesetzt. Jan hatte – wie immer – nachgegeben. Es war ganz schön anstrengend, der einzige Sohn einer geschiedenen Mutter zu sein. Warum suchte Greta sich keinen neuen Partner? Sie war doch noch hübsch und gesund und erst Ende 40.

»Von Männern habe ich genug«, behauptete sie, als Jan sie einmal darauf ansprach. In ihren Augen bin ich wohl kein Mann, das wurde Jan schlagartig klar. Nur der Sohn. Und den darf man betüddeln und bevormunden. Natürlich hätte seine Mutter es lieber gesehen, wenn er auch während des Praktikums in seinem alten Kinderzimmer gewohnt hätte. Doch Jan hatte ihr plausibel machen können, dass Bremen viel zu weit weg war, um jeden Tag nach Fedderwardersiel zu fahren.

»Dann such dir doch einen Kutter in Bremerhaven«, hatte sie vorgeschlagen.

Zu dem Zeitpunkt wussten weder Jan noch seine Mutter, dass es in Bremerhaven so gut wie keine Kutter mehr gab. Dass die tiefgefrorenen Fische in großen Kühllastern von Jütland aus direkt in die riesigen Lagerhallen der großen fischverarbeitenden Betriebe gefahren wurden. Also Fedderwardersiel und eine eigene Bude. Jan war ganz froh darüber, auch wenn er es seiner Mutter nicht so offen zeigen wollte.

Jans Rad ist an einen Pfeiler angekettet. Er schließt es los, schwingt sich auf den Sattel und strampelt los. Die Luft ist kühl, er spürt einen Hauch von Salz auf den Lippen, atmet tief durch und legt die paar Kilometer zu seiner Wohnung in Rekordzeit zurück. So sehr hat er sich noch nie auf sein Bett gefreut. Er würde die Rollos hinunterlassen, sich unter der Bettdecke zusammenrollen und bis zum Nachmittag durchschlafen. Es trifft ihn fast der Schlag, als er auf der Straße den grünen Opel Corsa seiner Mutter parken sieht. Konnte sie ihn denn nie …? Bitte, bitte, Mama! Nicht heute! Ein anderes Mal gern. Nur nicht heute am ersten Tag.

Greta sitzt bei Frau Meyer-Wittlich im Wohnzimmer. Beide Damen scheinen sich angeregt zu unterhalten, während sie an ihren Teetassen nippen und dabei die Straße im Auge behalten. Keine Chance, an ihnen vorbeizuwitschen.

»Guten Morgen, Janni«, sagt seine Mutter, legt ihre Arme um ihn und drückt ihn an sich. »Ist das nicht eine Überraschung? Ich habe extra den Dienst getauscht, um an deinem ersten Arbeitstag an deiner Seite zu sein und dich verwöhnen zu können. Wo kommst du eigentlich jetzt erst her?«

»Mama, bitte, ich finde es toll, dass du gekommen bist. Ehrlich. Aber ich komme gerade von Bord, wir haben nachts gefischt und ich bin total alle.«

»Die jungen Leute heute können nichts mehr ab«, hört er seine Wirtin sagen. Aber seine Mutter reitet sofort zu seiner Verteidigung.

»Nachtschicht? Das ist der Junge nicht gewöhnt. Das kann man ihm nicht verdenken.«

»Dann muss er sich daran gewöhnen. Die Fische richten sich nicht nach ihm. In der Disco sind die doch auch die ganze Nacht wach und machen Krach.«

Alte Hexe, denkt Jan und nimmt seine Mutter an die Hand. »Komm, ich zeige dir meine Zimmer.«

Frau Meyer-Wittlich wäre gern mitgekommen, das spürt Jan genau, aber er schiebt seine Mutter einfach aus der Tür und in Richtung Anbau. Frau Meyer-Wittlich zieht sich brummelnd zurück.

»Schön hast du es hier«, sagt seine Mutter und inspiziert die Räume. »Richtig gemütlich. Nicht so schön wie zu Hause, aber du wolltest ja nicht bei mir wohnen.«

»Mama, bitte, lassen wir das Thema. Ich fühle mich wohl hier und ich habe alles, was ich brauche.«

»Weißt du was, Janni, ich komme an meinen dienstfreien Tagen vorbei und bringe dir Essen mit. Dann brauchst du dich darum nicht zu kümmern. Und die Fenster müssten auch mal wieder geputzt werden. Das mache ich gern. Nächstes Mal.«

»Mama, du hast harte Tage in der Klinik. Du musst dich wirklich nicht mehr um mich kümmern. Ich bin schon groß, Mama, wirklich. Und ich heiße Jan und nicht Janni, bitte!«

»Ist ja gut, ist ja gut. Ich weiß, dass du erwachsen bist. Ich soll dich übrigens schön grüßen. Von der Nele. Die will dich auch mal besuchen kommen.«

»Mama, du weißt, ich mag die Nele nicht besonders. Hör' auf, mich zu verkuppeln. Bitte!«

»Sie ist so ein nettes Mädchen. Und kommt aus gutem Haus, weißt du. Ihr Vater ist Chefarzt bei uns an der Klinik.

Was hast du gegen sie?«

»Nichts, Mama! Ich mag sie nur nicht besonders. Darf ich mir meine Freundinnen vielleicht selbst aussuchen?«

»Ganz wie du willst, mein Lieber. Ich sehe schon, ich bin dir lästig. Dann gehe ich eben wieder. Ich wollte dir nur eine Freude machen.«

»Mensch, Mama! Mach' es mir doch nicht so schwer. Ich bin einfach nur hundemüde. Gib mir eine Stunde oder so.«

»Wie du willst. Ich gehe ein bisschen spazieren. Und dann koche ich uns was Feines. Du musst Hunger haben nach der harten Arbeit. Du hättest dir auch was anderes suchen können als diesen Kutter mit dem stinkenden Fisch. Dein Vater hat gesagt, du hättest auch in seiner Kfz-Werkstatt ein Praktikum machen können. Und am Wochenende wärst du mit ihm in den Alpen klettern gegangen.«

»Mama, du wolltest doch nicht, dass ich zu Papa ziehe. Du warst doch froh, dass ich mich in Kiel immatrikuliert habe. Sei ehrlich!«

»Aber Meeresbiologie! Was ist das denn für ein Fach? Betriebswirtschaft, das wär doch was gewesen. Da hättest du Zukunftsaussichten.«

Jan schweigt. Manchmal kann er seinen Vater verstehen, der es schon früh aufgegeben hatte, sich mit seiner Frau auseinanderzusetzen und zurück nach Bayern gezogen war. Er war ein kleiner Junge damals und, klar, hatte der Richter der Mutter das Kind zugesprochen. Es war ihm ja auch gutgegangen bei ihr. Sie las ihm jeden Wunsch von den Augen ab. Aber konnte sie ihn nicht einfach mal in Ruhe lassen?

Er legt sich auf die Couch, schließt die Augen. Seine Mutter lässt sich in den einzigen Sessel fallen, kramt ihr Strickzeug aus der Handtasche.

»Ich stör dich nicht, ich will nur hier sitzen und genießen, dass du in der Nähe bist«, sagt sie. Klippklapp, machen die Stricknadeln.

Jan fällt aufs Sofa, ohne sich auszuziehen und ist in Minutenschnelle eingeschlafen. Wirres Zeug träumt er, angefangen von Ekke Nekkepenn, der aus den grauen Wellen aufsteigt, einen silbernen Fisch ausspuckt und mit dem Dreizack seine Mutter hinter sich herzieht, die anklagend die Stricknadeln auf ihren Sohn richtet und ruft: »Ich will doch nur sein Bestes.«

Eine weiche Hand auf seiner Stirn weckt ihn.

»Was ist, mein Schatz? Du hattest einen Albtraum. Du hast gestöhnt. Ich musste dich wecken.«

»Komm, Mama, wir gehen einen Happen essen.«

»Aber erst ziehst du dich um. Ich habe dir extra frische Wäsche mitgebracht.«

Vielleicht fährt seine Mutter ja nach dem Essen und er kriegt noch eine Mütze Schlaf. Greta fährt tatsächlich nach Bremen zurück, zum Glück hat sie Nachtschicht. An Schlaf ist allerdings nicht mehr zu denken. Jan schnappt sein Rad. Er muss dringend zum Geldautomaten, denn er braucht ein paar Lebensmittel.

»He, was machen Sie denn hier?«

Die fröhliche, helle Stimme kommt ihm bekannt vor. Tatsächlich, es ist Luisa, die Polizistin von gestern Nacht, die auf ihn zukommt.

»Wohnen Sie in Fedderwardersiel?«

»Solange mein Praktikum dauert, ja«, sagt Jan und fühlt, wie er rot wird. »Ganz in der Nähe. Wohnen Sie auch hier?«

»Ich wohne in Wilhelmshaven, aber mein Vater hat eine Ferienwohnung hier, die er vermieten will. Ich habe ihm versprochen, mich darum zu kümmern.«

Luisa hält ihm ihr Gesicht hin für ein Küsschen zur Begrüßung. Rechts, links oder links, rechts? Zwei oder drei Küsschen? Ist das eine spanische Sitte? Oder eine portugiesische? Prompt stoßen sie mit den Nasen zusammen.

»Das müssen wir dann noch üben«, sagt Luisa und lacht. »Wenn wir uns jetzt öfter sehen.«

Jan glaubt, seinen Ohren nicht zu trauen. »Wieso öfter sehen?«, stottert er.

»Ich meine, wenn du hier wohnst, werden wir uns wohl öfter über den Weg laufen.«

»Ach so«, meint Jan. Und ist ein bisschen enttäuscht. »So zufällig, meinst du?«

»Es sei denn, du spendierst mir eine Latte macchiato. Dann ist das – juristisch gesprochen – Absicht.«

Luisa lächelt und Jan kann sein Glück nicht fassen. Er ergreift ihre Hand und zieht sie mit sich.

»Da drüben ist ein Eiscafé mit Blick auf den Hafen. Die haben guten Kaffee und leckeres Eis, habe ich schon getestet.«

»Genau das wollte ich.« Luisas Stimme ist ausgelassen. »Eine Einladung zum Latte. Ich habe blöderweise mein Geld zu Hause gelassen.«

»Ach so«, sagt Jan und geht auf das Spiel ein. »Aber nächstes Mal kannst du dich ja revanchieren.« Ob sie wirklich kein Geld dabei hat?

»Gut gebrüllt, Löwe«, sagt sie und drückt seine Hand noch ein bisschen fester.

Mensch, die mag mich, denkt Jan. Gut, dass ich zu Hause noch geduscht habe.

Eiscafé

»Und jetzt fragst du mich gleich, wo ich herkomme?« Luisa nimmt einen herzhaften Schluck vom heißen Latte, während Jan noch mit dem langen Löffel vorsichtig im Schaum rührt, um das Herz aus Kakaopulver und Zimt nicht zu zerstören.

»Ich weiß, dass ich nicht deutsch aussehe, geschweige denn friesisch. Aber, ob du es glaubst oder nicht, ich bin in Bremerhaven geboren und habe einen deutschen Pass.«

»Du siehst wunderschön aus, Luisa«, sagt Jan und kann nicht glauben, dass diese Worte so leicht aus seinem Mund purzeln. »Und ich könnte dich immerzu anschauen.«

Luisa lacht. »Wie langweilig! Lass uns lieber miteinander reden wie letzte Nacht auf dem Kutter von diesem, diesem …«

»Knudsen. Fischer Knudsen«, sagt Jan. »Also gut. Natürlich würde ich gern wissen, wieso … «

»Ich so dunkel bin?«, fragt Luisa »Meine Eltern kommen aus Spanien, aus Südspanien. Mein Vater ist Anfang der achtziger Jahren nach Deutschland gekommen, als abzusehen war, dass die Fischerei an der spanischen Atlantikküste zusammenbrechen würde. Die Konservenfabriken in Barbate gingen nach und nach kaputt, die meisten Fischer mussten ihre Kutter verkaufen. Mein Großvater hat die Lage wohl frühzeitig erkannt und meinen Vater nach der Schule gedrängt, einen Arbeitsplatz in Deutschland zu suchen. Mercedes suchte damals für das neue Werk in Bremen junge Leute. Mein Vater bekam die Chance, machte eine Lehre als Automechaniker und später seinen Meister. Dort arbeitet er immer noch, geht aber nächstes Jahr in Rente.«

»Auch mein Vater hat mit Autos zu tun. Er hat einen Kfz-Betrieb in Pfaffenhofen, nördlich von München.«

»Meine Eltern haben sich auch getrennt.« Luisa zuckt die Schultern. »Meine Mutter hat es im kalten Norddeutschland einfach nicht ausgehalten. Sie ist zurück nach Conil gegangen. Ich bin hiergeblieben. Aber im Urlaub fahre ich immer nach Andalusien. Mein Vater hat zurzeit eine deutsche Freundin. Die ist sehr nett.«

»Das würde ich meiner Mutter auch gönnen«, sagt Jan.

»Was, eine deutsche Freundin?«

»Quatsch, einen Freund, egal welcher Nationalität. Dann wäre sie nicht so auf mich fixiert.«

»Ja, das kenne ich. Ein Einzelkind zu sein hat nicht nur Vorteile. Ich will auf jeden Fall zwei, drei Kinder«, sagt Luisa, sieht, wie Jan die Stirn runzelt. »Keine Angst! Nicht sofort und auch nicht von dir.«

»Schade«, sagt Jan und würde sich am liebsten die Zunge abbeißen. Hat er noch alle Tassen im Schrank? Sie kennen sich doch erst seit ein paar Stunden. Unsicher blickt er Luisa an.

»Das ist ein schönes Kompliment«, sagt sie und macht einen Kussmund. »Aber ich mache zurzeit eine Ausbildung, wie du gesehen hast, und muss Fischern wie euch helfen, die aus dem Wasser gezogenen Leichen wieder loszuwerden.«

»Wisst ihr schon mehr über die Leiche?«, fragt Jan, der froh ist, das Thema wechseln zu können, ehe er noch mehr Unsinn redet. Luisa muss ihn ja für einen Vollidioten halten.

»Nein, wir wissen noch nichts. Aber ich wette, es geht um illegale Fischerei.«

»Das hat Enno auch gesagt. Dass es hier ähnlich zugeht wie an der spanischen Küste: Überfischung, illegale Fangmethoden, Fischen in gesperrten Gebieten. Und da machen wohl alle Länder rund um die Nordsee eifrig mit: die Holländer, die Dänen, die Schweden. In der Ostsee soll es ähnlich aussehen.«

»Ja, wenn es um viel Geld geht, dann sind Menschen zu allem fähig. Auch wenn sie ihre eigene Lebensgrundlage zerstören«, sagt Luisa und winkt der Bedienung.

»Bitte noch einen Latte macchiato. Darf ich, Jan? Ich bezahle nächstes Mal. Versprochen!«

»Klar«, antwortet Jan und bestellt für sich drei Kugeln Schokoladeneis.

»Ich verstehe nur nicht, wieso es so schwierig ist, die kriminellen Machenschaften auf der Nordsee zu unterbinden. Manchmal denke ich, hier an der Küste stecken die alle unter einer Decke.«

»Knudsen sicher nicht«, sagt Jan schnell. »Und Enno auch nicht. Der ist nur wütend über die scharfen EU-Richtlinien.«

»Die nicht eingehalten werden. Es gibt gar nicht genug Kontrollen.«

»Knudsens Sohn ist bei *Sea Shepherd*«, erzählt Jan. »Und der Alte ist stinksauer. Er wollte, dass der Sohn den Kutter übernimmt.«

»Und der hat keine Lust dazu. Der sieht doch genau, dass sich die handwerkliche Fischerei nicht mehr lohnt.«

»Aber muss er gleich bei *Sea Shepherd* anheuern? Hast du mal deren Werbung im Internet gesehen? *Be a part-time hero*! Das ist doch bekloppt. Mit Gewalt kann man die Probleme auch nicht lösen.«

»Wahrscheinlich nicht, Jan. Aber wir von der Polizei, was haben wir denn für Möglichkeiten? Einen kleinen Fischer zu kriegen, der mit verbotenen Netzen fischt, ok, das schaffen wir. Aber die wirklich Kriminellen, die mit Mafia-Methoden die Meere ausräubern, die kriegen wir nicht. Und wenn, haben die so gute Anwälte, dass sie vor Gericht freigesprochen werden, weil man ihnen nichts nachweisen kann.«

»Aber wenn du jetzt schon so frustriert bist, warum willst du dann zur Polizei?«

Luisa zuckt die Schultern. »Es ist ein interessanter Job. Man weiß morgens nicht, was auf einen zukommt. Man lernt ganz viele und sehr unterschiedliche Menschen kennen.«

»Die Polizei, dein Freund und Helfer«, sagt Jan.

Luisa runzelt die Stirn. »Mach dich nur über mich lustig. Und ob du es glaubst oder nicht, die meisten Polizisten helfen Menschen gern in Notlagen.«

Jan rudert zurück. »Nein, ich mache mich nicht über dich lustig. Bestimmt nicht.«

Er langt über den Tisch und legt seine Hand auf ihre. Sie zieht ihre Hand nicht zurück.

»Aber wenn ich mir in letzter Zeit meinen Chef anschaue, den Polizeihauptkommissar Löschner, dann kommen mir manchmal Zweifel. Da sagt mir mein Bauch, da stimmt was nicht … Sorry, ich sollte darüber nicht sprechen. Vergiss es. Ich habe nichts gesagt.«

Jan schaut sie fragend an. »Wieso, was ist denn mit Löschner? Er macht doch einen ganz netten Eindruck.«

»Ja, er ist auch nett. Aber er steht irgendwie unter Druck. Neulich hat er einen Einsatz abgebrochen, als er den Namen des Kutters erkannt hatte, der in einem Sperrgebiet fischte. Weißt du, sein Schwager ist einer der reichsten Männer an der Küste hier. War auch mal ein kleiner Fischer. Ich habe ihn gegoogelt. Mittlerweile hat er mehrere große Trawler mit mindestens sechs Mann Besatzung. In der Nord- und in der Ostsee. Die sind oft eine ganze Woche und länger zum Fischen draußen. Das ist echte Hochseefischerei. Seit dem letzten Jahr macht er auch noch auf Seebestattungen, der ganz große Renner zurzeit. Vielleicht geht ja auch alles mit rechten Dingen zu. Nach dem Motto: Dem Tüchtigen gehört die Welt.« Luisa zuckt die Schultern.

»Vielleicht ist er wirklich einfach cleverer als die anderen. Weißt du, mich erinnert das an ein Bild, das ich als Kind mal im Museum in Amsterdam gesehen habe. Die armen Leute warten am Strand voller Angst auf die zurückkommenden Kutter. Das Wetter ist schlecht, die kleinen Boote könnten kentern. Mitten zwischen den Frauen und Kindern und alten Leuten sitzt ein Mann auf einem großen Pferd. Er überragt alle, ist offensichtlich reicher und mächtiger als die anderen Dorfbewohner. Der Häuptling.«

»Ich habe ja nichts dagegen, dass jemand viel Geld verdient, weil er gute Ideen hat, viel arbeitet und von mir aus auch Glück hat«, sagt Luisa. »Da hat vielleicht einer zur rechten Zeit am rechten Ort die rechte Idee gehabt. Nur mein Bauch sagt mir, dass einige Leute hier unter einer Decke stecken.«

»Auch Polizisten? Du meinst, die Polizei ist korrupt?«

»Nein«, sagt Luisa entschieden. »Das meine ich nicht. Nicht korrupt. Aber die Familien halten zusammen. Was ja eigentlich auch gut ist. Das kenne ich auch aus Spanien. Man hilft sich. Unterstützt sich, wenn einer in Not ist. Aber irgendwo gibt es eine Grenze.«

»Und die ist grau«, sagt Jan. »Würdest du denn deinen Bruder oder deinen Vater oder auch nur deine beste Freundin der Polizei ausliefern?«

»Kommt drauf an, was er oder sie getan hat. Ehrlich. Bei Mord hört der Spaß auf. Da gibt es nichts zu decken, finde ich.«

»Da gebe ich dir recht. Aber vielleicht täuschst du dich auch. Ich kann nicht glauben, dass ein Polizist … egal, ich bin mal gespannt, was sie in der Polizeiinspektion Wilhelmshaven über den Toten herausfinden. O je, schau mal auf die Uhr. Ich muss wieder an Bord.«

»Ich habe auch Nachtdienst«, sagt Luisa. »Aber bitte nicht wieder eine Leiche. Lass uns noch schnell die Handynummern austauschen.«

Beide zücken ihre Smartphones.

Bankfiliale Varel
Herbst drei Jahre zuvor

Harry Mahlstedt, der Filialleiter einer kleinen Bankfiliale in Varel ist beschäftigt, als eine Mitarbeiterin anklopft und fragt, ob er kurz Zeit für einen Kunden habe, der sich nicht abwimmeln lasse. Das passt ihm gar nicht, denn der Papierkram auf seinem Schreibtisch häuft sich und er kämpft seit zwei Stunden mit seinem Rechner, der an diesem Morgen wieder einmal zickt. Kaum leuchtet die benötigte Excel-Tabelle für den von der Zentrale angeforderten Vierteljahresbericht auf und er tippt die erste Zahl ein, verschwindet das Bild sofort wieder. Er haut mit der Faust auf, nein, nicht auf den Bildschirm, das traut er sich nun doch nicht, aber auf die hölzerne Schreibtischplatte. Am liebsten würde er den Monitor aus den Kabeln reißen und aus dem Fenster schleudern. Natürlich auch keine Lösung, denn dann hätte sich im Laufe der Zeit bereits eine erkleckliche Anzahl von Rechnern unten auf dem Hof angesammelt, ein Computer-Friedhof sozusagen. Er wird wieder den Wartungsdienst anrufen müssen. Er seufzt. Diese arroganten IT-Laffen, die ihn immer behandeln, als sei er gehirnamputiert.

»Drücken Sie doch bitte mal auf das Icon oben links, nein, das rechte Icon. Da sind drei, sagen Sie? Natürlich sind da drei! Das rechte, ganz links oben. Die Tabs oben auf der Leiste!«

Hinterher weiß er tatsächlich nicht mehr, wo rechts oder links ist. Diese Schnösel, halb so alt wie er, die ließen ihn mit Absicht hängen, um ihre Allmacht zu demonstrieren. Diesmal würde er sich über sie beschweren, beim Chef der Landeszentrale persönlich. Mahlstedt fährt den Rechner runter. Vielleicht würde sich das verdammte Teil ja von selbst einkriegen, wenn er es eine halbe Stunde in Ruhe lässt und dann wieder hochfährt. Im Moment ist er sowieso zu aufgebracht, um in Ruhe die Tabellen durchzugehen.

»Hier ist jemand, der Sie dringend sprechen möchte.« Er nickt der Angestellten zu, die den Kopf vorsichtig in sein Zimmer gesteckt hat. »Aber nur ein paar Minuten, ich habe wenig Zeit.« Dabei ist er ganz froh über die Unterbrechung.

Sie führt einen Mann herein, so zwischen dreißig und fünfunddreißig, groß, muskulös und mit blonden Stoppelhaaren auf einem kantigen, großen Schädel. Der Kunde grüßt mit einem entschuldigenden Lächeln auf den Lippen, hat einen unverkennbar osteuropäischen Akzent, vielleicht russisch, murmelt einen Namen, der wie Steinbach oder Steinburg klingt, und bedankt sich, dass er den Chef sprechen darf. Mahlstedt weist auf den Besucherstuhl vor seinem Schreibtisch, zieht einen Stift und einen Notizblock zu sich heran.

»Was kann ich für Sie tun, Herr, Herr, wie war noch Ihr Name?«

»Steinbach, Boris Steinbach«, sagt der Mann. »Ich bin Sozialarbeiter, Streetworker, besser gesagt, und ich arbeite hauptsächlich mit osteuropäischen, straffällig gewordenen Jugendlichen im Raum Varel und Umgebung. Meine Eltern sind deutschstämmig, ich bin vor zehn Jahren mit ihnen nach Norddeutschland gekommen, habe Sozialarbeit studiert. Ich liebe meinen Beruf, bin gut qualifiziert, da ich Russisch spreche und zu den jungen, Männern in der Umgebung ein gutes Verhältnis aufgebaut habe.«

»Gut! Gut! Und was möchten Sie von uns?«, fragt Mahlstedt ungeduldig. Er ist nicht hier, um sich Lebensgeschichten anzuhören. Dafür hat er keine Zeit. Heute schon gar nicht.

Steinbach lässt sich nicht verunsichern. »Ich habe ein Girokonto bei Ihrer Bank, auf das regelmäßig mein Gehalt eingezahlt wird. Aber wie Sie wissen, soziale Arbeit wird überall unterbezahlt. Meine Frau bekommt bald das zweite Kind, ich habe eine größere Wohnung in Aussicht, für die ich eine hohe

Kaution hinterlegen muss. Ein paar Möbel fürs Kinderzimmer brauchen wir auch.«

»Sie wollen einen Kredit aufnehmen?«, unterbricht Mahlstedt. Schließlich kennt er diese Litanei auswendig. »An welche Summe dachten Sie denn?«

»Nein, nein«, wehrt der Mann ab. »Keinen Kredit. Ich habe eine größere Summe in Aussicht, ein Erbe meines Großonkels in Riga. Ich will nur kurzfristig mein Girokonto überziehen, das ist billiger als ein Kredit.«

Ein Erbe von einem Großonkel in Riga, das ist ein bisschen merkwürdig, denkt Mahlstedt. Riga, das liegt doch in Lettland, aber was geht ihn das an. Wenn der Kunde bereit ist, die Überziehungszinsen zu zahlen, ist doch alles ok. Mahlstedt hat keine Lust auf längere Diskussionen und bewilligt mit seiner Unterschrift eine Konto-Überziehung von 5.000 Euro. Der Mann bedankt sich überschwänglich »für diese Großzügigkeit« und betont schon an der Tür, er werde sich erkenntlich zeigen, sobald er den erwarteten größeren Betrag in Händen hält. Mahlstedt winkt entschieden ab und widmet sich wieder seinem Rechner, der tatsächlich hochfährt, ohne zu mucken. Dann vergisst er die Angelegenheit im hektischen Alltagsgeschäft.

Ein paar Wochen später erscheint ein strahlender Boris Steinbach kurz vor Schalterschluss in der Bank, übergibt der

Kassiererin einen voluminösen Blumenstrauß, klopft kurz an Mahlstedts Tür und verschwindet mit einer großen Tasche im Büro.

»Guten Tag, Herr Mahlstedt«, strahlt er den verdutzten Filialleiter an, »ich bin gekommen, um mich zu bedanken, weil Sie mir neulich aus dieser, äh, kleineren finanziellen Klemme geholfen haben. Das war sehr großzügig von Ihnen, und deshalb möchte ich mich Ihnen und Ihren Angestellten erkenntlich zeigen.«

Mit diesen Worten stellt er zwei Flaschen Krim-Sekt und zehn Dosen Kaviar auf den Schreibtisch.

»Nein, nein, Herr Steinbach.« Mahlstedt ist aufgesprungen und wedelt erschrocken mit den Händen, aber Steinbach lächelt.

»Nichts für ungut, nur ein kleines Geschenk von einem Freund.« Schon ist er wieder verschwunden und hat die Tür hinter sich zugezogen.

Mahlstedt bleibt verblüfft zurück. Ist das Bestechung, überlegt er. Aber er ist ja gar nicht bestochen worden, um den Kredit zu bewilligen. Da ist doch alles schon gelaufen. Wahrscheinlich ist der Mann einfach nur dankbar und will ihnen allen hier eine Freude machen. Der Filialleiter geht in den Schalterraum, der letzte Kunde hat gerade die Bank verlassen, ruft seine drei Mitarbeiter – die zwei jungen Frauen am Schalter und die ältere Kassiererin – zu sich ins Zimmer.

Gemeinsam lassen sie sich Krim-Sekt und Kaviar schmecken. Es wäre unhöflich gewesen, dem Kunden alles zurückzugeben. Der hat es doch gut gemeint.

Nur leider ist die Angelegenheit damit nicht erledigt. Eine Woche später erhält Mahlstedt eine Einladung zu der Vernissage eines russischen Malers in einer angesagten Galerie in Wilhelmshaven. Wieder begrüßt ihn Steinbach überschwänglich, nennt ihn »mein Freund«, wieder werden Kaviar und Sekt serviert. Hinterher geht man in das teuerste Restaurant der Stadt zum festlichen Dinner. Zwar ist Mahlstedt die ganze Sache nicht ganz geheuer, aber er fühlt sich geschmeichelt. In Künstlerkreisen hat er sich bisher noch nie bewegt, geschweige denn je in einem so teuren Ambiente diniert. Ganz im Gegenteil, nach der Trennung von seiner Frau – besser gesagt, nachdem seine Frau ihn mit der dreijährigen Tochter verlassen und zu ihrem Liebhaber nach Düsseldorf gezogen ist –, ist er chronisch klamm. Das gemeinsame Haus ist verkauft worden, seine Frau hat ihren Anteil bekommen, und nun muss er Unterhalt für sie und die Tochter zahlen, denn die Ex-Gattin ist klug genug, nicht offiziell mit dem neuen Mann zusammenzuziehen. Angeblich ist es für sie wegen des kleinen Kindes unzumutbar, eine Teilzeitstelle anzunehmen und zu arbeiten. Der Rest, der Mahlstedt von seinem Gehalt bleibt, ist mehr als mickrig.

Als Boris Steinbach ihm augenzwinkernd vorschlägt, noch gemeinsam in ein gewisses Etablissement zu gehen

– hochkarätige Damen, man würde auf seine Kosten kommen – lehnt Mahlstedt das Angebot erschrocken ab und sagt, er habe keine Zeit.

»Die Familie, Sie wissen ja …!«

Steinbach lacht. »Schade, dann nächstes Mal!« Er klopft Mahlstedt freundschaftlich auf die Schulter. »Ich vergesse nie einen Freund, der mir einen Gefallen getan hat. Nie!«

Ist das ein Versprechen oder eine Drohung, denkt Mahlstedt, als er mit schweren Schritten in seine einsame Wohnung stolpert.

Monatelang hört er nichts von Boris Steinbach, doch dann ist der plötzlich wieder da. Wie immer – kurz vor Dienstschluss. Wieder sitzt er vor Mahlstedt mit seinem freundlichen Grinsen, hebt neckisch den Zeigefinger und sagt: »Nicht lügen, mein Freund. Du hast keine Familie mehr, du musst nur zahlen, nicht wahr? Zahlen und zahlen!«

Panik steigt in Mahlstedt hoch. Woher weiß der Typ über seine familiären Verhältnisse Bescheid? Und seit wann duzen sie sich? Seit diesem feuchtfröhlichen Abend neulich?

»Aber, mach dir keine Sorgen. Ich bin dein Freund. Dein guter Freund. Und Freunden muss man helfen. Ich mache dir ein Angebot. Ich bringe dir jeden Monat 10.000 Euro in bar. 1.000 Euro sind für dich, den Rest zahlst du auf ein Anderkonto ein, das du für mich einrichtest und führst.«

Er sieht Mahlstedts skeptische Miene. »Keine Angst, mein Freund. Das ist ein guter Deal, ganz ohne Risiko. Du hast mir einen Gefallen getan, nun helfe ich dir in deinen Finanznöten. Einverstanden?«

»Und wenn ich zur Polizei gehe?«, fragt Mahlstedt.

Wieder lacht Steinbach. »Du gehst nicht zur Polizei. Das wäre dumm. Was glaubst du, was ich denen erzähle? So von wegen Sekt und Kaviar und Dinner-Einladungen und den gewissen Damen ...«

»Ich war doch gar nicht ...« Mahlstedt ist erschrocken.

»Nicht? Das habe ich aber anders in Erinnerung. Und die Damen wohl auch.«

Wieder lacht Boris Steinbach. Und diesmal gar nicht freundlich.

»Mein Freund«, sagt er nach einer Weile beschwichtigend. »Kein böser Streit jetzt. Ich will dir doch nur helfen, wie du mir geholfen hast. Glaub mir.«

»Woher kommt das Geld?«, versucht Mahlstedt es noch einmal.

»Vergiss es, mein Freund. Je weniger du weißt, desto sicherer ist das für dich. Einverstanden? So eine Gelegenheit kriegst du nie wieder. Niemals! Außerdem bist du nicht der einzige Banker auf der Welt, der um einen Gefallen gebeten wird. Wenn ich dir Namen sagen würde, Namen von Leuten, die du kennst, Namen bis ganz oben in die Vorstandsetagen der Konzerne, der politischen Klasse, der Gewerkschaften, du würdest staunen. Lass dir dieses kleine Geschäft nicht entgehen.«

»Morgen«, stottert Mahlstedt. »Morgen gebe ich Ihnen die Antwort.«

Steinbach zuckt die Schultern. »Wie du meinst, mein Freund. Ein unnötiger Aufschub. Aber«, wieder lacht er, »ganz wie du willst.«

Steinbach hebt grüßend die Hand, flirtet draußen noch ein bisschen mit der hübschen Auszubildenden und verlässt die Bank.

Als Mahlstedt nach Hause kommt, ist seine Exfrau auf dem Anrufbeantworter. Sie will ihn vorwarnen, ihre Anwältin hätte ihr geraten, auf mehr Unterhalt zu klagen. Das würde sie auch tun.

Am nächsten Morgen ruft Steinbach bei Mahlstedt an und willigt ein, ein Anderkonto einzurichten, um monatlich 10.000 Euro zu waschen.

Anruf

Knudsen schreckt auf. Sein Puls rast. Das Schrillen des Telefons hat ihn aus dem Schlaf gerissen. Er ist doch tatsächlich im Sessel eingenickt. Ich werde alt, denkt er, und fährt sich mit der Hand über die Augen. Jetzt schlafe ich schon im Sitzen ein.

Mühsam schält er sich aus dem Ohrensessel, geht mit taumelnden Schritten zum Telefon in der Ecke des Wohnzimmers. Eines dieser neumodischen Dinger, schnurlos, muss immer wieder auf die Station gelegt werden. Es schrillt laut und unerbittlich vor sich hin.

»Ich komme ja schon«, murmelt er vor sich hin. Wenn Enno erst einmal seinen Kutter übernommen hat, wird er auch das Telefon abschaffen. Dann würde ihn ja sowieso niemand mehr anrufen und er hätte seine Ruhe. Mit steifen Fingern nimmt er den Hörer ab.

»Ja«, sagt er.

»Bist du es, Vadder?«, fragt eine Stimme.

Knudsen glaubt, sich verhört zu haben.

»Knudsen«, wiederholt er.

»Hier auch«, sagt die Stimme.

Knudsen schweigt. Er schluckt, bringt kein Wort heraus. Sein Mund ist wie verklebt.

»Und kämst du auf eigenen Planken her, über meine Schwelle kommst du nicht mehr«, zitiert die Stimme. »Gelten diese Worte immer noch, Vadder?«

»Söhnke«, sagt Knudsen.

»Vadder«, sagt Söhnke.

»Wo bist du?«, fragt Knudsen. Seine Stimme klingt zittrig.

»Ich komme nicht auf eigenen Planken zurück«, sagt Söhnke. »Ich habe kein eigenes Schiff. «

»Wo bist du«, fragt Knudsen wieder.

»In Amsterdam. Heute Morgen angekommen.«

»Und warum rufst du mich an?« Knudsen versucht, ruhig zu atmen. »Enno kriegt den Kutter.«

»Vadder«, sagt Söhnke. »Es geht nicht um den Kutter.«

»Ach nee, um was dann?«

»Vadder, ich wollte, ich dachte …«

»Was dachtest du? Mutter hat es das Herz gebrochen. Sie ist tot. Wegen dir.«

»Vadder«, sagt die Stimme und bricht ab. »Bin ich zu spät?«

»Bist du. Deine Mutter hast du ins Grab gebracht.«

»Vadder, das wollte ich nicht. Das weißt du. Ich wollte nur mein eigenes Leben leben.«

»Das tust du ja. Und was willst du nun? Nicht auf eigenen Planken? Brauchst du Geld?« Knudsens Stimme ist tief und barsch.

»Vadder, es ging nie ums Geld. Das weißt du!«

»Um was denn? Um was ging es dann? Deine Mutter in den Tod zu treiben?«

»Nein, nein, nein! Ich wollte etwas tun für die Menschen, für die Erde. Die Fische retten.«

»Und dir war egal, dass deine Mutter darüber stirbt!«

»Vadder, sei gerecht. Ich habe nicht geahnt, dass Mutter sterben würde. Ich war auch immer wieder mit ihr in Kontakt. Habe sie angerufen. Habe ihr geschrieben.«

»Was hast du?«

»Sag ich doch: angerufen, geschrieben. Hat sie dir das nie gesagt?«

Knudsen schluckt. »Nein, nie.«

»Vielleicht hatte sie Angst vor deiner Reaktion.«

»Ach, bin ich also schuld, dass sie gestorben ist!«

»Vadder, hör auf. Niemand ist schuld. Woran ist sie gestorben?«

»Bauchspeicheldrüsen-Karzinom«, sagt Knudsen unwillig. »*The silent killer*, haben die Ärzte gesagt.«

»Vadder, nun hör mal. Wir sind beide nicht schuld. Weder du noch ich. Und das weißt du auch. Wann ist sie gestorben? Ich habe vor ein paar Monaten noch mit ihr telefoniert. Sie hat nur gesagt, es ginge ihr nicht so gut.«

»Und deshalb rufst du jetzt an?«

»Vadder, hör doch mal zu. Ich wollte dir und Mama meine Familie vorstellen.«

»Welche Familie denn? Haben so genannte Seehelden auch Familien? Wie spießbürgerlich!«

»Vadder, du hast eine Enkeltochter!«

»Was habe ich?« Knudsen setzt sich. »Sag das noch mal!«

»Ein Enkelkind! Eine Enkeltochter. Sie heißt Meta.«

»Was?« Knudsen glaubt, sich verhört zu haben.

»Meta. Wie Mama. Ich wollte ihr eine Freude machen.«

»Wusste deine Mutter davon?«

»Ja. Sie hat auch mit meiner Frau telefoniert, als das Baby da war.«

»Welche Frau?«

»Meine Frau, Vadder. Meine Frau Kaya. Sie kommt aus Indonesien.«

»Aus Indonesien?« Knudsen kommt sich vor wie ein Idiot. Wieso muss er zwanghaft alle Worte seines Sohnes wiederholen?

»Ja, Vadder. Aus Indonesien. Und ich wollte kommen und sie euch vorstellen. Sie und die kleine Meta. Sie ist fast zwei. Aber wenn du nicht willst …«

»Wann wollt ihr kommen?«

»Sobald du willst. Es sind nur ein paar Stunden von Amsterdam nach Fedderwardersiel. Aber wenn …«

»Komm her. Bring sie beide mit.« Knudsen legt den Hörer auf. Er schlägt die Hände vors Gesicht. Seine Finger werden feucht.

Polizeiinspektion Wilhelmshaven

In dem klotzigen Backsteingebäude der Polizeiinspektion in Wilhelmshaven sitzt Kriminalhauptkommissar Hinnerk Freese in seinem Büro vor seinem Computer und starrt auf den Bildschirm mit den Vermisstenmeldungen der letzten Wochen. Ungeduldig klopft er mit dem Ende des Kugelschreibers auf die Schreibtischplatte. Er hat den Hemdkragen aufgeknöpft, die Krawatte gelöst und saugt ununterbrochen an einem Zahnstocher, den er sich statt einer Zigarette in den Mund gesteckt hat. Er sieht den tadelnden Blick der Kollegin Rieke Breken, hält mitten in der Bewegung inne und seufzt.

»Hinnerk, seitdem du nicht mehr rauchst, wird es immer schlimmer mit dir. Du bist nervös und fahrig und mies gelaunt, es ist nicht zum Aushalten. Soll ich dir ein Päckchen Zigaretten holen?«

»Hier ist Rauchverbot, wie du weißt. Mein Kardiologe hat mir das Rauchen strengstens untersagt und meine Frau weiß das. Sie würde mich umbringen, wenn ich wieder anfange.«

Hinnerk Fresse streicht sich über die graue Igelfrisur, schiebt die Brille zurück auf die eher knollige Nase und hämmert weiter auf der Tastatur herum.

»Nichts! Absolut nichts! Niemand ist zurzeit als vermisst gemeldet. In ganz Ostfriesland nicht. Das kann doch nicht wahr sein.«

»Freu dich doch, Hinnerk!«, sagt die jüngere Kollegin. »Oder bist du scharf auf Verbrecher?«

»Aber wir haben eine Wasserleiche! Und niemand wird vermisst.«

Der Kriminalhauptkommissar zieht den Zahnstocher aus dem Mund, schaut ihn angewidert an und lässt ihn neben sich in den Papierkorb fallen.

»Na und«, spekuliert die Kollegin. »Vielleicht von einem Containerschiff gefallen. Ein Filipino, der die Sklavenarbeit nicht länger ausgehalten hat und von Bord gesprungen ist.«

Freese schaut auf. »Oder gegen die Arbeitsbedingungen aufgemuckt hat und von Bord gestoßen wurde.«

»Auf jeden Fall müssen wir die Ergebnisse des forensischen Instituts abwarten. Wir wissen noch nicht mal, was für eine Nationalität unsere Leiche hat.«

»Eben«, antwortet der Kommissar. »Wasserleichen sind normalerweise nach ein paar Tagen bis zur Unkenntlichkeit zerstört. Unsere sah aber ganz gut erhalten aus.«

Sie schweigen beide.

»Das Ganze hat bestimmt was mit der Fisch-Mafia zu tun«, sagt Kommissarin Breken.

»Rieke, nun fängst du auch schon an«, seufzt der Kommissar. »Welche Fisch-Mafia denn?«

»Nun tu nicht so, als wüsstest du von nichts, Hinnerk. Du hast doch genügend Kontakte zu Fischern. Dein Cousin konnte sich den eigenen Kutter doch auch nicht mehr leisten und arbeitet mittlerweile für ein holländisches Unternehmen, dem er treu und brav seine Krabben liefert.«

»Die zahlen halt besser«, sagt Hinnerk. »Die haben ganz andere Vermarktungsmöglichkeiten. Von Holland und Belgien bis nach Nordfrankreich. Unsere westlichen Nachbarn geben sowieso mehr Geld für Fisch und Meeresgetier aus. Sind nicht wie die Geiz-ist-geil-Deutschen, die alle nur auf Schnäppchen-jagd gehen und sich lieber vergiften lassen, als faire Preise für Lebensmittel zu zahlen.«

»Jetzt verallgemeinerst du aber, Hinnerk. Du musst zugeben, es ist schwer geworden für unsere Männer mit den kleinen Kuttern. Die großen Trawler fischen denen alles weg.«

»Und das noch mit illegalen Fangmethoden.«

»Klar, weil überall gespart wird. Bei der Polizei und den Kontrollbehörden, bei der elektronischen Ausstattung. Jetzt wollen sie sogar Vögel für die Überwachung einsetzen.«

»Habe ich auch gelesen. Albatrosse, die erspähen die an die Oberfläche gezogene fette Fischbeute aus dreißig Kilometer Entfernung. Phänomenal! Die spüren jeden illegal fischenden Trawler auf, auch wenn der sein Identifizierungssystem ausge-schaltet hat. Aber zurück zur Wasserleiche. Vielleicht hat sich unser Mann ja umgebracht. Aus Verzweiflung über die miese wirtschaftliche Lage.«

»Oder er ist umgebracht worden.« Rieke ist hartnäckig.

»Jetzt fang nicht wieder damit an. Es könnte auch ein Unfall gewesen sein. Bei schwerer See können Menschen über Bord gehen. Das passierte früher öfter, ist aber heute auch nicht auszuschließen. Fischen war und ist ein gefährlicher Job.«

»Also müssen wir nach allen Seiten ermitteln.«

»Selbstverständlich! Oder glaubst du, ich halte Informa-tionen zurück? Los, sag schon! Denkst du, ich bin befangen wegen meines Cousins?«

»Nun werd mal nicht komisch, Hinnerk. Wir kennen uns gut genug. Du bist der beste Ermittler, den ich kenne.«

»Danke für die Blumen, Rieke. Nur Commissario Brunetti ist besser, nicht wahr? Und der sieht auch noch besser aus.«

Hinnerk Freese reibt sich über seinen kugelrunden Bauch. »Du stehst auf sportliche, schlanke Typen, ich weiß. Die mit den braunen Locken auf dem Kopf. Wie läuft es übrigens mit deiner letzten Eroberung?«

»Mach du nur deine Witze, Hinnerk! Auf jeden Fall müssen wir die Resultate von der Forensik abwarten. Die Jungs sollten sich ein bisschen beeilen, auch wenn sie sich mit Leichen beschäftigen.«

»Die können halt nicht weglaufen.«

»Die deutschen Fischer behaupten, die Dänen hielten sich an kein Gesetz«, sagt Rieke. »Es ist doch verdächtig, dass all die größeren Trawler ihren Fang im dänischen Hanstholm abliefern. In den deutschen Heimathäfen werden nur die mickrigen Reste gelöscht. Vor ein paar Monaten ist die dänische Regierung von der EU wegen mangelnder Kontrollen verwarnt worden. Mittlerweile dürfte die Zeit abgelaufen sein, in der sich die Dänen zu den Vorwürfen äußern sollten, sonst drohen drakonische Geldbußen. Bin gespannt, wie das ausgeht.«

»Du glaubst doch nicht, dass so eine Verwarnung was ändert. Wenn, dann glaubst du auch an den Weihnachtsmann.«

»Ich glaube nicht. Ich hoffe aber. Sonst verliere ich den Glauben an unsere Institutionen.«

»Den habe ich längst verloren«, behauptet Freese.

»Geld regiert die Welt, ich weiß, dein Lieblingsspruch. Aber wenn du das wirklich denkst, warum bist du dann Polizist geworden?«

»Weiß ich nicht mehr!«

»Doch!«, empört sie sich. »Um die Welt ein bisschen besser zu machen.«

Er atmet tief ein. »Ich will dir deinen Optimismus nicht nehmen, liebe Rieke, aber in Europa wird mit illegalem Fischfang viel Geld gemacht.«

»Vielleicht stimmt das sogar. Wir können aber die Welt nicht ändern. Höchstens für ein bisschen mehr Gerechtigkeit sorgen.«

»Gerechtigkeit? Was ist das?«

»Wenn du so frustriert bist, warum hörst du nicht auf?«

»Wie? Aufhören? Ich habe noch ein paar Jahre bis zur Pensionierung. Mein jüngster Sohn ist noch in der Ausbildung. Das Haus ist noch nicht ganz abbezahlt. Aber das sind für dich keine Argumente, ich weiß. Du musst ja für keine Familie sorgen.«

»Vielleicht würde ich gern für eine Familie sorgen, Hinnerk.« Rieke blickt ihn an. »Und im Übrigen bin ich nicht so pessimistisch wie du. Es gibt Leute, auch Leute an der Küste, die sich gegen die Piraten-Fischerei wehren. Die wissen, dass wir dabei sind, unsere eigenen Existenzgrundlagen zu vernichten. Das erkennen mittlerweile auch die handwerklichen Fischer hier. Wovon wollen die denn leben, wenn es keinen Fisch mehr gibt?«

Das Telefon klingelt. Freese nimmt den Hörer, stellt dann den Apparat laut. Das forensische Institut der Uni Oldenburg. »Die Leiche ist männlich«, sagt der Mediziner am anderen Ende.

»Tolle Erkenntnis«, kann sich Rieke Breken nicht verkneifen zu flüstern. »Weil ja auch so viele Frauen auf den Schiffen arbeiten.«

»Psssst!«, zischt Freese.

Nach ein paar Minuten bedankt er sich und legt auf. »Also, was haben wir? Korrigiere mich, wenn ich etwas falsch verstanden habe. Kein Filipino, überhaupt kein Asiate, auch kein Afrikaner, also wohl niemand, der von einem der großen Containerschiffe gefallen oder geschubst worden ist. Anscheinend ein Nordeuropäer. Ich würde gern wissen, wie sie das bei einer Wasserleiche feststellen können. Nee, will ich lieber doch nicht wissen. Ein Deutscher? Holländer? Däne? Würgemale am Hals. Heftige Hämatome im Brustbereich. Die Leiche hat nicht sehr lange im Wasser gelegen. Sieht aus, als habe ein Kampf stattgefunden, wahrscheinlich war das Opfer tot, ehe es ins Wasser fiel oder gestoßen wurde. Keine Drogen im Körper. Kein Gift im Mageninhalt.«

»Ein Mord an jemandem, der aus illegalen Machenschaften aussteigen wollte?«

»Du meinst, ein Whistleblower?«

Rieke zuckte die Schultern. »Nicht auszuschließen. Wir müssen die Vermisstenanzeigen in Niedersachsen gründlich sichten, auch die Bremer Polizei einschalten.«

»Eigentlich verschwinden hier an der Küste nicht so viele Leute. Höchstens mal ein untreuer Ehemann, der für zwei Wochen mit seiner Geliebten auf eine der Inseln verschwindet. Aber meistens springt der schnell wieder zu Mama ins Körbchen.«

»Du nun wieder«, sagt Rieke und schaut in ihren Computer.

»Bingo!«, sagt sie plötzlich. »Guck mal. Gerade reingekommen. Eine Frau Mahlstedt aus Düsseldorf vermisst ihren Ex-Gatten. Sie hat sich an die Polizei gewandt.«

»Warum das? Hat sie ihre Liebe zu ihm wiederentdeckt? Will sie ihn zurückhaben?«

»Ha ha, wie witzig! Frau Mahlstedt gibt an, zum Zeitpunkt ihrer Trennung war er Filialleiter in Varel. Bei einer kleinen Bank. Dort ist er aber nicht mehr. Bei welcher Bank er zurzeit arbeitet, weiß sie nicht genau. Auch nicht, wo er wohnt. Aber gezahlt hat er immer pünktlich. Nun ist die letzte Unterhaltszahlung für die Tochter ausgeblieben. Das ist noch nie passiert. Man könnte gegen ihren Ex-Mann sagen, was man will, aber mit Geld war er immer korrekt. Sie hat sich gewundert und versucht, ihn telefonisch zu erreichen. Der Anschluss ist zur zu Zeit nicht besetzt, sagt die Telefonstimme. Sie macht sich Sorgen. Bisher hat er immer pünktlich gezahlt. Nun lässt sie ihn polizeilich suchen.«

»Ich rufe mal beim Kommissariat in Varel an. Vielleicht wissen die Kollegen mehr.«

Im selben Moment klingelt das Telefon. Er horcht einen kurzen Moment. »Ich bin gleich da.«

»Rieke, bitte, kümmere du dich um den Banker. Ich muss raus zur Klinik. Ein Notfall. Die Ambulanz bringt gerade einen türkischen Restaurantbesitzer hinein, mit einem Messer im Bauch, die ganze Großfamilie im Gefolge.«

Er wendet sich zur Tür.

»Meine Güte, spielen die Leute denn hier alle verrückt? Eine Leiche, dann eine Halbleiche, alles an einem Tag. Ich dachte immer, Friesland sei eine friedliche Gegend«, sagt Rieke und wählt kopfschüttelnd die Nummer des Kommissariats in Varel. Es meldet sich Polizeioberkommissar Lars Dierksen.

Unterwegs im Wangerland

Es dauert noch über eine Woche, bis Jan und Luisa einen Termin für ihre Radtour finden. Luisa hat endlich an einem Samstag frei, auch keine Nachtschicht, deshalb verabreden sie sich am späten Vormittag in Hooksiel für eine Tour durchs Wangerland.

Nach einem gemütlichen Milchkaffee im alten Hafen von Hooksiel strampeln die beiden los. Der Wind kommt ihnen aus Nordwest entgegen und sie beschließen, durchs Inland über St. Joost und Carolinensiel quer durchs Wangerland nach Harlesiel zu fahren. Zurück wollen sie die Küstenstrecke nehmen, um sich vom Wind über Schilling und Horumersiel zurück nach Wilhelmshaven treiben zu lassen.

»Wenn der Wind nicht dreht«, lacht Luisa. »Das tut er bei Radtouren meistens.«

Eine warme Aprilsonne bricht durch die Wolken, sie kämpfen sich vorwärts, ziehen nach kurzer Zeit die Anoraks aus. Jan, der mit männlicher Selbstüberschätzung befürchtet hat, er müsse auf Luisa Rücksicht nehmen, was die Geschwindigkeit betrifft, wird eines besseren belehrt. Sie ist sportlich und gut trainiert. Er muss heftig in die Pedalen treten, um mithalten zu können.

»Da staunst du, was?«, ruft sie, als sie Jan hinter sich keuchen hört. »Zur Aufnahmeprüfung in die Polizeischule gehört eine saftige Sport- und Fitnessprüfung. Wir müssen ganz schön hart trainieren, um in Form zu bleiben, denn schließlich rennen wir gar nicht so selten hinter irgendwelchen Typen her.«

»Aber es gibt doch auch ganz schön … «

»… wohlgenährte Polizisten, willst du sagen.« Wieder Luisa fröhliches Lachen. »Aber das bedeutet nur, dass sie im Laufe der Jahre Karriere gemacht haben und nun die meiste Zeit am Schreibtisch sitzen müssen. Natürlich werden sie dick, schon allein aus Mangel an Bewegung.«

Tief über den Lenker gebeugt strampeln sie gegen den Wind an. Auch Jan findet seinen Rhythmus, ist aber frustriert, als ein älteres Ehepaar klingelnd an ihnen vorbeisaust. Am liebsten wäre er abgestiegen.

»E-Bikes, die haben E-Bikes!« Luisa lacht. »Lass ihnen doch den Spaß. In 40 Jahren darfst du dir auch so'n Ding kaufen.«

»Nie«, sagt Jan. Luisa zuckt mit den Achseln. »Dann leg mal jetzt einen Zahn zu, damit du gut trainiert alt wirst!«

Sie beugt sich noch tiefer über den Lenker ihres Rennrades.

Hat die einen schönen runden Po, denkt Jan. Und wie ihre Haare im Wind flattern. Er will sie gar nicht überholen.

Am frühen Mittag die ersehnte Pause.

Ich muss mehr trainieren, denkt Jan. Sonst kann ich mit dieser Frau nicht mithalten und sie will mit mir Weichei keine Touren mehr machen.

In einer Fischkooperative mit angeschlossenem Restaurant setzen sie sich im Windschatten unters Vordach, bestellen Schollen mit hausgemachtem Kartoffelsalat. Auf dem großen

Bildschirm an der Wand läuft ununterbrochen ein Werbespot in Dauerschleife, der die Qualität der Fische und die Nachhaltigkeit der Fangmethoden anpreist, und auf das MSC-Zertifikat hinweist. Umso erstaunter sind sie, als sie die kleinen Schollen auf ihren Tellern sehen.

»Pah, Nachhaltigkeit!«, sagt Jan und stochert auf seinem Teller herum. »Die sind viel zu klein, die haben bestimmt noch nicht gelaicht. Der reinste Babymord!«

»Das haben wir gleich«, sagt Luisa, nimmt ihren Teller und geht an den Verkaufstresen. Es dauert ein bisschen, aber mit hocherhobenem Kopf und Siegesmiene kommt Luisa zurück an den Tisch.

»Die Kellnerin hat den Chef geholt«, erzählt Luisa vergnügt. »Der hat mir den Teller aus der Hand gerissen, als ich sagte, ich möchte die frischen Schollen sehen, und hat geschrien, niemand würde mich zwingen, in seinem Restaurant zu essen. Auf quengelige Gäste könne er verzichten. Und dann hat er das Essen in den Mülleimer gekippt.«

»Und das war's?«, fragt Jan ungläubig.

»Nee«, lacht Luisa fröhlich. »Da kennst du mich aber schlecht. So schnell lass ich nicht locker.«

»Und – was hast du gesagt? Deinen Ausweis gezeigt?«

»Quatsch! Ich habe doch noch gar keine Befugnisse! Ich hatte aber das Namensschild auf seinem Kittel gesehen. Löschner stand drauf. Und da habe ich gesagt, ich solle ihn von seinem Bruder grüßen. Mein Kollege hätte mir geraten, in diesem Restaurant essen zu gehen. Der Fisch sei ausgezeichnet. Und vor allen Dingen aus nachhaltigen Beständen.«

»Und? Wie hat er da reagiert?«

»Er hat einen ganz roten Kopf gekriegt. Und sich entschuldigt. Und gesagt, selbstverständlich würde er dafür sorgen, dass wir neue und größere Schollen bekommen würden. Als seine Gäste, natürlich. Und ob ich auch bei der Wasserschutzpolizei arbeiten würde, hat er gefragt.«

»Und du? Was hast du gesagt? «

»Dass wir auf illegal gefangene Schollen verzichten. Er hat rumgestottert, das sei ihm nicht aufgefallen. Er verließe sich da immer auf seinen Zulieferer. Er müsste in der Saison manchmal zukaufen und könne nicht nur auf eigene Fänge zurückgreifen.«

»Faule Ausrede. Nach neuester Gesetzeslage sind sogar die Textilunternehmer dafür verantwortlich, dass sie ihre Ware aus fairem Handel beziehen. Sie können nicht mehr einfach behaupten, sie wüssten nicht, wie es in den Fabriken der Dritten Welt aussehe, die Verantwortung trügen Subunternehmer, auf die müssten sie sich verlassen.«

»Auf die Subunternehmer verlassen! Eine tolle Lösung. Wie viele von denen rekrutieren sich aus kriminellen Milieus? Auch die Bandidos mischen da kräftig mit, wie wir neulich bei einem großen Logistikunternehmen hier an der Küste gesehen haben. Und dann weiß die Geschäftsleitung von nichts und versucht, ihre Hände in Unschuld zu waschen. «

»Also kurz und gut, der Bruder von deinem Chef hat also keine Ahnung, wie die kleinen Schollen in sein Lokal kommen?«

»Behauptet er wenigstens. Hat aber offensichtlich Angst bekommen. Aber sicher nicht vor mir.«

»Vor seinem Bruder?«

»Keine Ahnung. Er ist überhaupt nicht der Typ Gangsterboss. Eher ein kleiner Betrüger, der die Schlupflöcher im Gesetz ausnutzt. Ein clevererer Geschäftsmann scheint er ja zu sein.«

»Oder er steckt in etwas Größerem drin. Hat sich in etwas hineingewagt, dem er nicht gewachsen ist«, spekuliert Jan.

»Vielleicht solltest du Polizist werden«, spottet Luisa und grinst. »Im Verdächtigen bist du jedenfalls schon gut. Du denkst dir ja jetzt schon eine ganze Räuberpistole aus.«

»Gehen wir«, sagt Jan. »Aber schenken lassen wir uns nichts von diesem Typen.« Er legt 20 Euro auf den Tisch. »Ich glaube, das reicht.«

Bis zur Küste ist es nicht mehr weit. Der Wind hat über Mittag nachgelassen. Die sonnigen Abschnitte werden länger.

Carolinensiel ist ein nettes Städtchen mit einer alten Kirche und hübschen Fischerhäusern. Ein romantischer Ort, um

Ferien zu machen. Sie schlendern an der Harle entlang, trinken einen Milchkaffee in einer der kleinen Kneipen und radeln gemütlich weiter bis Harlesiel.

»Sag mal, Luisa«, fragt Jan, der immer wieder fasziniert auf die Reklametafeln mit touristischen Highlights starrt. »Fällt dir auch auf, dass sowohl die Ferienhäuser genau wie das Restaurant vorhin denselben Besitzer haben? Immer wieder dieser Löschner. Immer wieder der gleiche Name. Hier auf dem Campingplatz-Schild auch! Inhaber: Löschner. Und rate mal, was auf dem Bug des großen Kutters im Hafen steht.«

»Wie im Grimm'schen Märchen von König Drosselbart«, sagt Luisa. »Wo die Königstochter immer wieder fragt: Wem gehört das Land, wem gehört der Wald, wem gehört das Schloss? Aber vielleicht ist unser Typ hier einfach schlauer als die anderen Fischer. Hat früh genug auf Tourismus gesetzt, nicht auf die harte und mittlerweile hoffnungslose Arbeit als Fischer. In einem Rechtsstaat wie dem unseren muss in jedem Fall die Unschuldsvermutung gelten.«

Jan nickt. »Du hast die Polizeiausbildung, nicht ich. Ich unterstelle ja auch keine kriminellen Aktivitäten. Vielleicht stammt die Familie aus der Cirksena-Dynastie, dem alten ostfriesischen Häuptlingsgeschlecht, das bis Mitte des 18. Jahrhunderts die Gegend hier beherrscht hat. Die Nachkommen haben vielleicht Ländereien geerbt. Oder Fischereirechte.«

Luisa sieht ihn mit neuem Respekt an.

»Ich will nicht angeben, aber Geschichte hat mich immer interessiert.«

Natürlich freut er sich über Luisas Interesse. Sie ist sportlich fitter, weiß mehr über Kriminalität und über die von der Verfassung garantierten Rechte. Kennt sogar die Grimmschen Märchen. Aber schließlich ist er auch kein Dummkopf.

»Grund und Boden lässt sich gut vererben, das sieht man heute noch überall«, fährt er fort. »Immobilien sind ein gutes Startprogramm für wachsenden Reichtum. Das sieht man nach jedem Krieg. Die, die zuerst wieder auf die Beine kommen, sind die alten Familien mit Grundbesitz.«

»Willst du die Leute etwa enteignen?«, fragt Luisa. »Bist du so ein Revoluzzer oder was?«

Jan schüttelt energisch den Kopf. »Es müssen ja nicht gleich alle Leute, die reich geworden sind nach dem Krieg, kriminelle Energie haben.«

»Wir haben in der Ausbildung gelernt: bloß keine zu schnellen Verdächtigungen!«, erzählt Luisa, »Die erweisen sich am Ende oft als falsch. Aber es gibt auch so etwas wie Bauchgefühl. Dieser Löschner, der roch geradezu nach Angst und schlechtem Gewissen. Der hat was zu verbergen, da bin ich mir sicher. Oder er hat Angst vor jemandem. Ich frage mich nur, vor wem.«

»Es ist sicher absurd, jedem erfolgreichen Unternehmer zu unterstellen, er arbeite mit illegalen Methoden.« Jan lenkt ein. Meine Güte, da lernt er eine attraktive Frau kennen. Noch dazu eine, die sich augenscheinlich auch für ihn interessiert. Und dann reden sie über Politik. Muss das sein? Fällt ihm Esel nichts Besseres ein?

»Trotzdem weiß ich nur zu genau, wie es an der spanischen Atlantikküste zugeht«, sagt Luisa, als sie sich vom Wind über den Küstenradweg treiben lassen. »Die kleinen Fischer kämpfen ums Überleben. Aber überleben können nur die Fischer, die sich am Abschlachten des blauen Thunfisches beteiligen, Fische, die vor Gibraltar abgefangen werden, bevor sie im Mittelmeer ihren Laich ablegen können. Die Fabrikschiffe der Japaner lauern außerhalb der Zwölf-Meilen-Zone und warten darauf, dass die kleinen spanischen Kutter den Thunfisch anliefern. Die Japaner zahlen horrende Preise für den Thunfisch. Aber auf Dauer kann das nicht funktionieren. Der Almadraba Thunfisch ist bereits zu neunzig Prozent ausgerottet.«

Und dann stoppt Luisa abrupt ihr Rad, Jan muss ausweichen und kommt ins Schlingern. Kann sich aber gerade noch so fangen.

»He, was machst du? Ich wäre fast ...«

»Sag mal, Jan, kommst du im Sommer mit nach Conil? Als zukünftiger Meeresbiologe müsste dich die Situation dort interessieren.«

»Nur als Meeresbiologe?«, fragt Jan. Mit dem rechten Fuß

klappt er den Fahrradständer hinunter, geht zu Luisa, fasst sie an beide Arme und küsst sie auf den Mund.

»Klar komme ich mit. Nichts würde ich lieber tun.«

Der nächste Kuss dauert länger.

Söhnke an Bord

Jan ist spät dran an diesem Morgen. Er tritt heftig in die Pedalen, kettet sein Rad an einen Laternenpfahl am Hafen und läuft mit schnellen Schritten zur MARGARETHA, die am Kai vor sich hin schaukelt. Er wippt in den Knien, sucht den richtigen Absprung, um elegant über die Reling zu hechten, als er den fremden Mann an Bord sieht. Er hält mitten im Sprung inne, der Schwung reißt seinen Oberkörper nach vorn, mit beiden Händen grapscht er nach der Seitenwand, um nicht kopfüber in das eisige Wasser zu fallen.

Nein, das ist nicht Enno. Dieser Mann ist jünger, größer, wirres halblanges Haar kommt als zusammengebundenes Schwänzchen unter der dunkelblauen Pudelmütze hervor. Blonder Wikingerbart, stellt Jan fest und grinst in sich hinein. Ein Wikinger, der sich verlaufen hat. Wo ist Enno?

»Na, junger Mann. So stürmisch?«, fragt der blonde Riese. »Das Schleusentor geht erst in einer Viertelstunde auf. Vadder ist schon im Führerstand, bringt den Motor auf Touren.«

Richtig, im selben Moment fängt der Diesel an zu tuckern.

»Leinen los!«, sagt der Mann, der Knudsen »Vadder« nennt und zeigt auf den dicken Tampen, dessen Auge über dem Poller liegt.

Jan klettert über die Seitenwand, löst die Leine und der Wikinger zieht sie Hand über Hand mit kräftigen Griffen an Bord, rollt sie sorgfältig auf. Knudsen gibt Gas, der Diesel dröhnt los und die MARGARETHA schippert hinaus in Richtung Mellum.

»Ich bin Söhnke.« Der blonde Riese hält Jan die Hand hin. »Wie der Name schon sagt, ich bin der kleine Sohn eines großen Vaters.«

Er lacht und Jan denkt, recht hat er. Söhnke ist ein Name für ein Kleinkind, nicht für einen erwachsenen Mann. Fast schlimmer als Janni, dieses alberne Kosewort, das er seiner Mutter nicht abgewöhnen kann. Jan ergreift die Hand.

»Ich bin …« Janni, hätte er fast gesagt, besinnt sich aber rechtzeitig und sagt »Ich bin Jan.«

»Weiß ich«, sagt Söhnke. »Aber ich wette, deine Mutter sagt heute noch Janni zu dir.«

Der Mann kann Gedanken lesen.

»Siehst du, wir müssen zusammenhalten. Sonst sehen wir demnächst wirklich ganz klein aus.«

Beide lachen. Ich mag diesen Söhnke, denkt Jan. Einer, der über sich selbst lachen kann.

»He Jungs, was ist los? Ihr scheint ja gute Laune zu haben.«
Knudsens Worte klingen nicht böse. Ganz im Gegenteil, während der ganzen Woche hat Jan den Alten noch nie mit so vielen Lachfältchen um die Augen gesehen.

»Wir fahren noch eine Stunde weiter, um Wangerooge herum, dann lassen wir die Netze runter.«

»Wo ist Enno?«, fragt Jan nun doch.

Söhnke wird ernst. »Du musst nicht denken, ich will Enno den Kutter wegnehmen. Überhaupt nicht. Aber Enno weiß auch genau, dass sich die ganze Kutterfischerei nicht mehr lohnt. Davon kannst du keine Familie ernähren. Er ist ganz froh, dass ich wieder aufgetaucht bin. Nun kann er sich in Ruhe nach anderen Verdienstmöglichkeiten umsehen.«

»Willst du, wollen Sie den Kutter übernehmen?« Jan läuft rot an. War er bescheuert, ein kleiner Praktikant, der sich in die Familienangelegenheiten anderer Leute einmischt.

Doch Söhnke ist nicht konsterniert.

»Bleiben wir doch beim Du«, sagt er. »Wir sind sozusagen im selben Boot. Nein, ich will den Kutter nicht. Kann ich mir auch gar nicht leisten. Ich muss eine Familie ernähren.«

»Welche Familie?«, rutscht es Jan heraus. Meine Güte, wie distanzlos war er eigentlich. Wie kam er dazu, solch private Fragen zu stellen?

»Ich hab eine Frau und eine kleine Tochter.«

»Aber Enno sagte, Sie seien bei *Sea Shepherd*.«

»Bin ich auch. War ich auch. Ich finde es auch nach wie vor gut, was die machen. Aber meine Lebenssituation hat sich verändert. Fundamental verändert. Ich muss Alternativen suchen. Da sind zwei Menschen von mir abhängig.«

»Na ja, bei den vielen Kreuzfahrtschiffen, die gebaut werden, da dürfte es nicht so schwierig sein. Sie haben ein Kapitänspatent, sagt Enno.«

Söhnke wird ernst. »Hör mal Junge, du darfst mich nicht verkennen. So hoffnungslos ist meine Lage, die meiner Familie nicht, dass ich ein Kreuzfahrtschiff übernehme, um übersättigte Amerikaner und gelangweilte oder vergnügungssüchtige Europäer um die Welt zu schippern bei einem Ausstoß von gewaltigen Mengen von CO_2. Es wird sich eine Lösung finden lassen. Da bin ich sicher. Und du, Jan, du studierst Meeresbiologie? Da sind wir doch schon wieder auf demselben Dampfer.«

»Ich habe meinen Bachelor in Biologie«, sagt Jan bescheiden. »Das mit der Meeresbiologie, das kommt noch, hoffe ich.«

»Mitsubishi ist übrigens der größte Fischhändler der Welt, wusstest du das?«

»Der japanische Autokonzern? Sind Sie, bist du sicher?«

»An die Großen müssen sie ran. Die Japaner schlachten die Wale und Delfine ab, ohne Rücksicht auf Verluste. Von wegen Nachhaltigkeit. Mit Fischfang wird in der ganzen Welt viel Geld gemacht. Neulich ist in Japan ein Thunfisch für 1,4 Millionen Euro versteigert worden. Das war ein Kilopreis von 6.000 Euro.«

»He Jungs, hört auf zu quatschen. Raus mit den Netzen«, mischt sich Knudsens Stimme ein. »Wir sind hier nicht auf Butterfahrt.«

»Nee, Vadder. Du hast recht. Wir sind Krabbenfischer.«

Sie fieren das schwere Fanggeschirr. Jan hat dazugelernt. Gleichzeitig sinken die Netze ins Wasser, die langsam über den Boden schleifen. Doch auch diesmal ist der Fang eher mickrig.

»Aber immerhin keine Leiche im Netz «, sagt Jan, als sie den Fang an Bord hieven und den Stert ausleeren.

»Keine was?«

»Keine Leiche im Netz«, wiederholt Jan. »Hat Ihnen, hat dir dein Vater nichts davon erzählt?«

»Nö«, sagt Söhnke. »Hat er nicht. Ist halt ein großer Schweiger.«

Sie sortieren die Krabben nach Größe, werfen den Beifang in separate Kisten für die Kontrolle an Land.

»Und was willst du jetzt machen, Söhnke?«

Auf der Rückfahrt nach Fedderwardersiel kann Jan sich nicht mehr beherrschen. Die Fragen brennen Löcher in sein Gehirn.

»Ich weiß noch nicht genau«, antwortet Söhnke. »Ich habe eine indonesische Frau und eine kleine Tochter. Für die muss und will ich sorgen. Wie ich das mache, ohne meine Ideale zu verraten, weiß ich noch nicht.«

»Deine Frau hast du in Indonesien kennengelernt?«

Der Kutter tuckert vor sich hin. Die Wellen schieben ihn sanft in die Wesermündung.

»Ja, bei einem Einsatz vor der indonesischen Küste.«

Eigentlich wundert er sich, dass er diesem Jungen so bereitwillig Auskunft gibt über völlig private Dinge. Nicht mal sein Vater hat gefragt, wie er Kaya kennengelernt hat. Für den war nur wichtig, dass die kleine Tochter Meta heißt wie seine verstorbene Frau. Alles Weitere hat er abgeblockt. Und nun will dieser Grünschnabel ...

»Kaya war bei der Wasserschutzpolizei.«

»Wie Luisa!« Jan ist elektrisiert. »Wie Luisa, meine, meine Freundin«, hört er sich sagen. Ist Luisa seine Freundin? Egal. Es fühlt sich auf jeden Fall so an.

»Luisa ist Anwärterin bei der Wasserschutzpolizei. Sie war dabei, als wir die Leiche geborgen haben.«

»Ich glaube, wir haben uns eine Menge zu erzählen«, sagt Söhnke und klopft dem Jüngeren auf die Schulter. »Aber wir sind schon bei den Priggen. Dort drüben – siehst du das rote Feuer der Hafeneinfahrt?«

Fisch-Mafia

Ein paar Stunden später sitzen Jan und Söhnke zusammen auf der Terrasse vor Knudsens Häuschen und genießen die Strahlen der frühen Maisonne. Der alte Fischer hat sich hingelegt, seinen Sohn mit Jan allein gelassen.

Söhnke hat Wasser aufgesetzt, das Tee-Ei in die Kanne gehängt und gießt nun den braun-goldenen Ostfriesentee vorsichtig über die Kluntjes in den Tassen mit dem Friesenmuster.

»Zuletzt die Sahne vorsichtig vom kleinen Löffel in den Tee tröpfeln lassen. Dieses Ritual musste ich wieder völlig neu lernen. Mein Vater besteht darauf.«

»Das ist hier an der Küste superwichtig«, sagt Jan und beobachtet, wie die weißen Wolken sich in der Teetasse ausbreiten und langsam zu Boden sinken.

»Für die Menschen hier scheint es ein Sakrileg zu sein, die Reihenfolge zu vertauschen. Meine Mutter ist da auch sehr dogmatisch. Einen Teebeutel in heißes Wasser zu tauchen, das geht gar nicht.«

»Ach so«, sagt Söhnke. »Dann weißt du ja Bescheid. Da kann ich dir nichts mehr beibringen. Eigentlich schade.«

»Vielleicht solltest du Lehrer werden, wenn du Leuten so gern was beibringst.«

Das sollte als Witz herauskommen, aber Söhnke antwortet sehr ernsthaft: »Du hast Recht, Jan. Ich würde unheimlich gern unterrichten.«

»An der Hochschule für Nautik? Suchen die keine Leute?«

»Weiß ich nicht. Könnte ich ja mal nachfragen, was für Qualifikationen die brauchen.«

Jan freut sich, dass Söhnke auf seine Worte eingeht.

»Oder bei der Fischaufsicht. Die brauchen bestimmt Schiffsführer mit Kapitänspatent.«

»Ich kann zurzeit meine Frau und die Kleine nicht allein lassen«, sagt Söhnke.

Jan schießt die Frage durch den Kopf, ob er jemals eine Familie gründen sollte? Eine Familie macht das Leben wohl ganz schön kompliziert.

»Aber wieso Indonesien?«, fragt er. »Wieso bist du nach Indonesien gegangen?«

»Indonesien ist die größte Fischmacht in Asien. Wusstest du das? Und unter der Fischereiministerin Susi Pudjiastuti hat die indonesische Regierung den Kampf gegen die illegale Fischerei aufgenommen.«

»Eine Frau an der Spitze des Fischereiministeriums? In einem muslimischen Staat?«

»Indonesien ist ein ganz besonderes Land. Neben Buddhisten und Katholiken ist natürlich die große Mehrheit muslimisch. Und diese Susi Pudjiastuti ist hoch gebildet, war eine erfolgreiche Geschäftsfrau, hat mit Meeresfrüchten gehandelt und eine Fluggesellschaft gegründet, die den Fisch in alle Welt fliegt. Seit sie Fischereiministerin ist, kämpft sie gegen die Fisch-Mafia.«

»Und wird sie als Frau ernst genommen?«

»Wird sie. In ihrem Kampf ist sie hart und konsequent. Illegale Fischtrawler werden gestellt, die Boote gesprengt und zwar öffentlichkeitswirksam mit Reportern vor Ort.«

»Und diese Frau hat man noch nicht umgebracht?«

»Natürlich hat sie viele Feinde. Aber sowohl der Ministerpräsident als auch die Wasserschutzpolizei stehen hinter ihr. Allein im letzten Jahr wurden 82 Boote der Piraten-Trawler vor den Augen der internationalen Presse gesprengt.«

»Und was hat Organisation *Sea Shepherd* damit zu tun?«

»Wir treiben die Schiffe der Fisch-Mafia in die Nähe der Küsten, so dass die Marine der einzelnen Länder zugreifen kann. Als NGO dürfen wir kein Schiff entern, aber jagen tun wir sie. Mit großem Erfolg sogar.«

»Wer steht dahinter? Wer organisiert die ganzen Sauereien?«

»Wir kennen einen der ganz großen Paten der spanisch-galizischen Fisch-Mafia. Antonio Vidal – ein Unternehmer aus Galizien – hat ein weitverzweigtes Imperium aufgebaut. Die kleinen Fischer und Fischhändler trauen sich nicht, vor Gericht auszusagen, denn sie leben von Vidal. Der Oberste Gerichtshof in Spanien hält sich nicht für zuständig, denn Vidal operiert nicht innerhalb der spanischen Hoheitszone, wird argumentiert. Die Anklage gegen ihn wurde niedergeschlagen.«

»Und so etwas funktioniert? In Europa?«

»Die Fischmehl-Fabriken des Vidal-Clans kassieren sogar EU-Subventionen. Und das sind keine haltlosen Spekulationen. Sogar das ZDF hat neulich darüber berichtet.«

Motorengeräusche vor dem Haus. Ein Auto biegt in die Auffahrt. Türenschlagen, Schritte auf dem Kiesweg. Eine hochgewachsene, dunkelhaarige Frau mit einem blonden kleinen Mädchen auf dem Arm kommt in den Garten.

»Söhnke, könntest du bitte …«, sagt sie auf Deutsch mit stark holländischem Akzent. Sie erblickt Jan.

»Ach, wie schön! Besuch!«

Söhnke ist aufgesprungen, küsst seine Frau auf die Wange, hält seine Arme der Tochter entgegen. Die kreischt begeistert, lässt sich nach vorne fallen. Er drückt sie an sich.

»Na, dann ist ja klar, wer die Einkaufstüten aus dem Auto holt«, sagt die Mutter gutgelaunt und reicht Jan die Hand. »Ich bin Kaya und das ist unsere Tochter Meta.«

Auch Jan ist aufgestanden. Die Frau ist wunderschön: langes, glattes, fast schwarzes Haar, ein bräunliches, feingeschnittenes Gesicht mit breiten Wangenknochen und großen, dunklen Augen. Sie ist verblüffend groß für eine Asiatin. Jan schluckt, stottert: »Ich bin der Jan und arbeite …«

»Ich weiß«, sagt Kaya und hält ihm auch ihre Wange hin, die Jan schüchtern küsst. »Du hilfst Vadder auf dem Schiff.«

»Vadder scheint wach zu sein«, sagt Söhnke. »Jan, sagst du ihm bitte, er soll für sich und Kaya noch Tassen mitbringen?«

»Das kann ich machen. Ich muss sowieso ins Bad und Meta wickeln«, sagt Kaya.

»Nee, lass mich mal«, sagt Söhnke und geht mit Meta ins Haus.

»Sie sprechen gut Deutsch«, sagt Jan zu Kaya, als sie allein zurückbleiben. »Haben Sie das in Indonesien gelernt?«

»Ich habe einen niederländischen Pass«, sagt Kaya. »Mein Vater kommt aus den Niederlanden. Er hat bei einer indonesischen Firma in Jakarta als Ingenieur gearbeitet, und dort meine Mutter kennengelernt. Wir waren oft in den Niederlanden und auch in Deutschland. Ich habe in in Amsterdam und Hamburg Umwelttechnik studiert.«

»Und dann sind Sie wieder nach Indonesien gegangen?«

»Ja, ich habe im Umweltministerium gearbeitet. Dort habe ich auch Söhnke kennengelernt, als er nach einer Aktion der Organisation *Sea Shepherd* mit den behördlichen Vertretern verhandelt hat.«

»Und da haben wir uns rettungslos verliebt.« Söhnke setzt die kleine Tochter in den Sandkasten am Rand der Terrasse. Sie schnappt sich die rote Schippe und den kleinen Eimer und fängt an Sand hineinzuschaufeln.

»Ist es nicht zu kalt?«, fragt Kaya, besorgt wie alle Mütter, die immer befürchten, das Kind könne sich eine Erkältung holen.

»Nö«, sagt Söhren. »Sie hat eine dicke Windel an, und ich habe ihr die gefütterte Gummihose angezogenen. Lass sie mal buddeln.«

»Ich war noch nie in Indonesien«, sagt Jan.

»Das musst du unbedingt nachholen.«

Überfahrt nach Juist

Kommissarin Rieke Breken wippt vor Ungeduld mit dem rechten Bein auf und ab. Sie hat Kriminaloberkommissar Lars Dierksen aus Varel am Apparat, der redet und redet und findet kein Ende. Er informiert sie, dass Mahlstedt mehrere Jahre in Varel bei der Friesischen Volksbank als Filialleiter gearbeitet hat. Das wusste sie schon vorher, ist ja der Grund ihres Anrufs. Er, Lars Dierksen, hat auch sein Konto bei der Friesischen Volksbank. Er kennt Mahlstedt persönlich vom Ruderclub her, hält ihn für einen netten Kumpel, als Banker für korrekt und kompetent. Mahlstedt hat ihm sogar einen großzügigen Kredit für sein Haus bewilligt.

Wie nett von ihm, aber in diesem Fall völlig irrelevant. Rieke pult an einem Mückenstich am Oberarm.

Mahlstedt hat immer Zeit gehabt für die Sorgen seiner Kunden, hört Rieke, ist beliebt gewesen, auch die Angestellten mochten anscheinend ihren Chef. Der Kollege Dierksen – haben die in Varel nichts zu tun? – berichtet ausführlich und langsam, dehnt die Vokale in einem ruhigen, eher trägen Singsang, so dass Rieke, die flinke Rheinländerin, zappelig nach der Uhr schielt. Die Tatsache, dass Mahlstedts Frau ihn wegen eines anderen verlassen hat und mit der kleinen Tochter zu ihrem Liebhaber gezogen ist, fährt Dierksen fort, hat Mahlstedt anfangs ziemlich aus der Bahn geworfen. Hier horcht Rieke auf. Kommt Dierksen nun endlich zum Punkt? Harry habe sich aber gefangen und wie verrückt in die Arbeit gestürzt und dann ziemlich schnell Karriere gemacht.

»Welcher Harry?« Rieke braucht dringend eine Zigarette. Ist ja wichtig, was der Kollege sagt, aber er kommt zu keinem Ende.

»Na, der Harry. Der Harry Mahlstedt!«

Der ist allerdings schon längst nicht mehr der Leiter der kleinen Bankfiliale in Varel. Bei einem Sommerfest im Ruderclub hat Harry sich schon vor ein paar Jahren damit gebrüstet, dass sein Verkaufstalent einem Headhunter aufgefallen ist und der hat ihm einen Job in der Investmentabteilung einer großen Bank in Hannover angeboten. Commerzbank oder Deutsche Bank, Dierksen ist sich nicht sicher. Mahlstedt ist nun als Spezialist für Asset- und Wealth–Management zuständig für Lösungen im Bereich Ostfriesland, wohnt aber nicht in Hannover, sondern hat seinen Wohnsitz in den Norden verlegt. Wahrscheinlich gibt es dort viele potente Kunden in der Schiffsbranche, überlegt Rieke, bewundert wider Willen Dierksens Spezialwissen. Mahlstedt, fährt der Kollege fort, ist leider aus dem Ruderclub ausgetreten, eine Tatsache, die viele Clubmitglieder bedauern, denn Mahlstedt ist beliebt gewesen und noch dazu ein guter Ruderer.

»Wo wohnt dieser Mahlstedt denn nun?«, unterbricht Rieke. Nicht schon wieder die Ruder-Story.

»Immer mit der Ruhe, liebe Kollegin«, sagt Kommissar Dierksen ungerührt. »Wollen Sie nun Informationen über Harry Mahlstedt oder nicht? Ich weiß nicht, wo Harry hingezogen ist. Wir haben ihn hier in Varel aus den Augen verloren. Leider, muss ich sagen, war ein netter Kerl. Ich werde nachforschen und Sie dann anrufen.«

Hoffentlich bin ich bis dahin nicht im Ruhestand, denkt Rieke. Aber wahrscheinlich werfen sie mich vorher raus. Ich werde nie eine gute Polizistin, bin viel zu ungeduldig. Warum lasse ich die Leute nie ausreden?

Doch die Informationen aus Varel kommen verblüffend schnell. Mahlstedt habe ein großes Apartment in Leer gekauft. Direkt an der Ems mit Blick auf den Hafen. Traumlage.

Donnerwetter, denkt Rieke Breken. Wie kommt ein kleiner Bank-Filialleiter zu so einer Luxuswohnung? Sicher nicht, weil er ein guter Ruderer war. Eher ein geschickter Banker oder Immobilienmakler. Nun ist er tot und keiner kann ihn mehr fragen.

Kriminaloberkommissar Dierksen, gut einbettet in das soziale Leben von Varel, ist offensichtlich eine Goldgrube an Informationen. Besser als jeder Computer, muss Rieke neidvoll anerkennen. Das hätte sie nicht so schnell geschafft. Du musst den Leuten zuhören, ihnen Zeit lassen, hatte man ihr immer wieder während der Ausbildung eingeschärft. Zuhören, nicht vorschnell eigene Schlüsse ziehen.

Die Kollegen in Leer hätten Mahlstedt – jetzt lässt er das endlich mit seinem *Harry*, denkt Rieke, und wird professionell – nicht im Apartment angetroffen. Ein Nachbar sagte, er habe ihn schon länger nicht gesehen. Wahrscheinlich wohne er zurzeit bei seiner Freundin auf Juist. Ein Rasseweib sei das, eine Russin oder Lettin, hat der Mann gesagt und sich über die Lippen geleckt.

»Dann muss ich da wohl hin«, sagt Rieke trocken und Polizeioberkommissar Dierksen sagt: »Wenn Sie wollen, fahren wir gemeinsam.«

Rieke stimmt tatsächlich zu. Trotz aller Bedenken. Ob Dierksen das Rasseweib sehen will? Immerhin kennt der Kollege den vermissten Harry Mahlstedt. Und er scheint geduldiger zu sein als sie. Ein Vorteil beim Verhör.

Die Überfahrt ist tidenabhängig, die Fähre geht um 10.15 Uhr, zwei Stunden vor Hochwasser. Rieke bucht online. Rechtzeitig trifft sie in Norddeich ein, findet für ihren Fiat 500 eine Parklücke auf dem vordersten der drei Parkplätze, erreicht die Abfahrthalle im Laufschritt und blickt sich suchend um. Wenn der Kollege Dierksen so langsam fährt, wie er spricht, muss ich wohl alleine los, denkt sie. Sie geht hinaus und zündet sich eine Zigarette an.

»Wollen Sie sich umbringen, junge Frau?«, sagt eine angenehme Stimme direkt hinter ihr. Rieke fährt herum. Ein langer blonder Kerl Ende Dreißig grinst sie an.

»Dierksen. Lars Dierksen.«

Donnerwetter, sieht der gut aus. Gar nicht so schlafmützig, wie sie gedacht hatte. Schlank mit breiten Schultern. Die Haare ein bisschen lang im Nacken. Ein Ruderer eben. Oder ein Surfer. Sie zieht an ihrer Zigarette.

»Die Summe aller Laster ist konstant«, kontert sie. »Welche haben Sie vorzuweisen?«

»Laster?«, fragt er und lacht. »Kommen Sie, ich hole uns noch einen Kaffee, dann schmeckt die Zigarette besser. Schwarz, nehme ich an.«

Rieke nickt verblüfft. Er geht los, kommt mit dem Kaffee zurück, reicht ihr den Plastikbecher, sagt: »Gut, dass sie den Plastikmüll demnächst verbieten wollen. Die wollten mir partout keine Porzellanbecher geben.«

Lars Dierksen greift in seine Anoracktasche, zerrt eine Packung Marlborough hervor und zündet sich eine Zigarette an.

»Ich dachte, Sie sind Sportler.«

»Meine letzte Zigarette. Vorläufig.«

Blödmann, denkt Rieke und dreht ihre Zigarette an dem stählernen Standaschenbecher aus.

Die Dalben knarren leise, als die *FRISIA IX* aus dem Hafenbecken fährt. Der Elektromotor des Bugstrahlruders drückt jaulend das Schiff vom Anleger weg. Leinen klatschen ins Wasser, werden eingeholt und belegt. Rieke steht an der Reling, atmet tief ein und aus, blickt fasziniert auf das Geschehen unter ihr, schreckt zusammen beim Klang des Schiffshorns und sieht den Qualm des Dieselmotors durch den Schornstein entweichen. Die Schraube arbeitet, weißer Schaum im Heckwasser. Die Fähre fährt hart an den Priggen entlang, die Dünung nimmt zu.

Hier gehöre ich hin, denkt Rieke und hält ihr Gesicht in den Wind, nicht in die dumpf-schwüle Rheinebene, nicht in das laute, geschäftige Gewusel der Kölner Innenstadt.

»Möwen sind böse«, hört Rieke die Stimme ihres Begleiters. »Haben Sie Ihnen auch schon während der Überfahrt ein Brötchen aus der Hand gerissen?«

»Nein«, sagt Rieke und fühlt, wie sich eine Jacke über ihre Schultern legt.

»Sie zittern. Ist Ihnen kalt?«

Nein, will Rieke sagen. Was bildet der Kerl sich ein?

»Ja!«, sagt sie und »Danke! Aber jetzt frieren Sie.«

»Männer haben kein Temperaturempfinden«, sagt Dierksen. »Das hat meine Frau immer gesagt. Männer seien total unempfindlich. Gegen alles: Kälte, Wärme, Schmutz, Dreck, Gefühle …«

Was soll das jetzt, denkt Rieke und schweigt. Will er mir sagen, dass er wieder zu haben ist?

Hochhäuser tauchen auf im Dunst.

»Norderney«, sagt Dierksen. »Die Fahrrinne ist ausgebaggert, Norderney ist immer zu erreichen.«

Sie biegen nach Westen ab. Keine Tonnen mehr. Plötzlich stoppen die Maschinen. Das Schiff hat sich festgefahren im Watt, rutscht auf dem Schlick. Stille.

»Die wollten den Weg abschneiden quer durchs Watt. Schauen Sie, dahinten sieht man die Betonnung zur Hafeneinfahrt. Wir sind früh dran, das Wasser läuft noch auf. Wir müssen wohl ein wenig warten. Gleich geht es weiter.«

Jetzt spielt er sich auch noch als Experte auf, denkt Rieke, kann sich aber der Urlaubsstimmung nicht entziehen, die Sonne kommt zwischen den Wolken hervor. Die meisten Gäste sind mittlerweile an Deck, schweigen, staunen, schauen auf die sich sanft kräuselnden Wellen. Die *FRISIA III* kommt ihnen entgegen, sicher in der Fahrrinne zieht sie einen weißen Schweif hinter sich her. Nach ein paar Minuten kommt auch ihre Fähre wieder in Fahrt, hinter sich eine Wolke aus Schlick zurücklassend. Sie fahren auf den Hafen zu, kommen in den Priggenweg. Möwen kreischen über ihren Köpfen, sie erreichen die Insel und das Seitenstrahlruder drückt das Schiff mit sanftem Schub gegen den Anleger. Die Besatzung wirft Leinen auf die Anlegebrücke, die gekonnt aufgefangen und deren Augen um die Poller gelegt werden. Die Verladerampe senkt sich. Elektrokarren beladen mit frischem Obst und Gemüse verlassen zusammen mit den Radfahrern als erste das Schiff, vermischen sich mit den Passagieren, die zu Fuß an Land gehen. Kleine Trecker fahren an Deck, bugsieren die rollenden Container mit den Koffern an Land. Der Geruch von Meerwasser, Salz und Dung liegt in der Luft. In der Tat, Pferdekutschen warten auf die Gäste, um sie in ihre Pensionen und Hotels zu bringen. Auf dem kleinen Parkplatz stehen Handkarren, die Vermieter hier deponiert haben, damit die Gäste die Koffer in die Ferienbehausung ziehen können. Der Urlaub hat begonnen, die Sonne lugt zwischen den Wolken hervor, der Wind ist kühl und kräftig.

»Da bin ich ja mal auf das Haus Ihres Freundes Harry gespannt«, sagt Rieke. Dierksen runzelt die Stirn, zückt sein iPhone, tippt.

»Liegt im Ortsteil Loog. Wunderschöne, reetgedeckte Ferienhäuser. Habe mal eins besichtigt. Im Rohbau. Helle Wohnungen, vom Balkon aus ein freier Blick auf die Dünen und das Watt. Würde ich sofort kaufen, liegt aber weit jenseits dessen, was so ein Kriminaler sich leisten kann. Leider.«

»Da hätten Sie Banker werden müssen.«

»Und dann wäre ich jetzt tot.«

»Vielleicht auch nicht. Ich bin gespannt, was uns erwartet«, sagt Rieke. »Wahrscheinlich ein leeres Haus.«

»Die Freundin soll dort fest wohnen. Ihr gehört angeblich das Ferienhaus.«

»Woher wissen Sie das?«

»Varel ist ein großes Dorf. Klatsch und Tratsch. Im Ruderclub bleibt nichts geheim.«

»Dann haben Sie zumindest die richtige Sportart ausgesucht.« Rieke weiß auch nicht, warum sie so schnippisch ist.

Milena

Es ist nicht weit vom Hafen bis zum Ortsteil Loog. Sie müssen keine Koffer hinter sich herzerren. Radfahrer, mit Gepäck auf dem Anhänger, überholen, klingeln. Sie schaffen die Strecke in weniger als fünfzehn Minuten. Ununterbrochen traben Pferdekutschen an ihnen vorbei, es riecht nach Pferdeäpfeln und Heu, nach Salz und Meer. Ein Kutscher hält an, um sie aufzunehmen, aber Lars schüttelt den Kopf, winkt den Kutscher weiter.

»Oder wollten Sie mitfahren?«

Rieke schüttelt den Kopf. »Aber am Strand entlang galoppieren, das würde ich gern.«

»Erst die Arbeit, dann das Vergnügen. Schade, dass wir mit dem abendlichen Hochwasser zurückmüssen. Juist ist wunderschön. Vielleicht reicht es ja noch für einen Spaziergang zur Domäne Bill und dem besten Rosinenstuten, den Sie je in Ihrem Leben gegessen haben.«

»Ach, wissen Sie, ich stehe nicht so auf süße Sachen.«

»Wir sprechen uns später«, sagt Dierksen. »Sie werden Ihre Meinung ändern, da bin ich sicher.«

Im kleinen Kaufmannsladen am Ortsausgang werden die Regale ausgeräumt. Der große Supermarkt im Zentrum wird offensichtlich von den Touristen besser angenommen. Kisten mit Obst, Kästen mit Milch und Mehl und Kaffee werden hinausgeschleppt, eine Pferdekalesche wartet, der stämmige Kutscher zieht ächzend eine Palette mit Wasserflaschen hinter sich her. Doch die Tiere sind unruhig, setzen sich in Bewegung, ehe er den Wagen erreicht. Den Gäulen ist wohl zu langweilig geworden. Fluchend rennt der Mann hinterher, schreit, fuchtelt mit den Armen. Unbeeindruckt traben die Tiere in Richtung Watt. Entgegenkommende Fußgänger weichen erschrocken aus. Erst als ein beherztes junges Mädchen in die Zügel fasst und »Brrr« ruft, kommt das Gespann langsam zum Stehen. Das Mädchen tätschelt beruhigend die Hälse der Pferde, redet mit leiser Stimme auf sie ein.

»Mut hat die Deern«, sagt Dierksen und nickt anerkennend. »Hätte ich mich nicht getraut.«

»Der Laden hat wohl Pleite gemacht. Ist er zu weit vom Ort entfernt?«

Dierksen zuckt die Achseln. »Weiß ich nicht. Vielleicht macht er in der Hauptsaison wieder auf. Eigentlich ziehen immer mehr Leute nach Loog. Hier gibt es noch Bauplätze. Hoffentlich wird hier nicht auch alles zugepflastert.«

Sie folgen der mit roten Klinkern gepflasterten Hauptstraße bis zum Dünenrand. Ein abseits gelegenes, zweistöckiges Reetdachhaus auf einer Anhöhe weckt ihre Aufmerksamkeit. Die Adresse stimmt, aber es steht kein Name am Tor in der weißen Mauer, die das Grundstück umgibt. Durch eine Pforte gehen sie durch den gepflegten, mit Heckenrosen bewachsenen Vorgarten und drücken auf den messingfarbenen Klingelknopf. Von drinnen ist eine Kinderstimme zu hören. Schnelle Schritte, die Tür wird aufgerissen. Das Gesicht der Frau ist freudig und erwartungsvoll, aber ihre Züge fallen in sich zusammen, als sie die zwei uniformierten Polizisten sieht, die sich vorstellen und ihre Ausweise zücken.

»Wir möchten zu Herrn Mahlstedt. Ist er zu Hause?«

»Was ist mit Harry«, fragt die Frau. Panik verdunkelt ihre großen, grünen Augen.

»Dürfen wir reinkommen?«, fragt Rieke sanft. Die Frau nickt stumm, schiebt einen etwa vierjährigen Jungen vor sich her in einen Wohnraum, dessen Glasfront auf die Salzwiesen hinausgeht. Die Schiebetür steht offen, draußen eine Rutsche, die die Schräge der Anhöhe für eine schnelle Fahrt nach unten nutzt, eine Schaukel, ein Sandkasten mit einem roten Plastikbagger. Die Frau sagt etwas zu dem kleinen Jungen in einer Sprache, die osteuropäisch klingt, schiebt das Kind nach draußen und bittet die Besucher mit einer fahrigen Bewegung, in den hellen Sesseln Platz zu nehmen. Ihr Gesicht ist zu einer Maske erstarrt, sie ringt offensichtlich um Beherrschung. Und sie ist atemberaubend schön. Rieke wirft einen schnellen Blick auf Dierksen, sieht, wie der schluckt.

Sie schaut auf die Frau, auf den Kollegen und hofft, dass Lars Dierksen professionell genug ist, seine Sinne beisammenzuhalten. Wenn es stimmt, was sie vermutet, dass die Mafia den Banker benutzt hat, um Gelder zu waschen, hatte man dann diese attraktive Frau auf Mahlstedt angesetzt? Sie hat fast Mitleid mit dem Mann. Man weiß doch, dass Männer nicht mit dem Kopf denken. Schon der biblische Samson verfiel immer wieder Delilas Verführungskünsten, wurde geschoren, geblendet und in eine Grube geworfen. Das Alte Testament berichtet, dass Gott ihn am Ende doch errettet hat, aber das Happy End ist in dieser zeitgenössischen Story wohl ausgeblieben.

Sie schaut zu Dierksen, der hat die Stirn gerunzelt, wirft ihr einen schwer zu deutenden Blick zu. Offensichtlich weiß er genau, was sie denkt. Er schaut die Frau an.

»Sie vermissen Ihren Mann?«, fragt Rieke.

»Ja«, sagt die Frau. »Drei Wochen. Geschäftsreise. Auf einmal Klingel, ich denke, Harry zurück. Krank mit Sorgen. Wo ist Mann? Immer hat telefoniert.«

»Dürfen wir Sie fragen, wie Sie heißen?«, fragt Dierksen.

Sieh mal einer an, der Kollege hat seine Sprache zurückgefunden. Aber höflich ist er. Donnerwetter. Dürfen wir Sie fragen, denkt Rieke. Natürlich dürfen wir.

»Milena, Milena. In Deutschland Milena Mahlstedt.«

»In Deutschland? Und vorher? Wie hießen Sie früher? Wie ist Ihr Mädchenname? Keine Lügen jetzt!«

Riekes Ton ist barsch, ungeduldig. Die Frau schaut sie erschrocken an.

»Meine Kollegin meint das nicht so«, beschwichtigt Dierksen. »Sie kennen Ihre Rechte. Sie brauchen gar nichts zu sagen. Sie müssen sich nicht selbst belasten. Haben Sie einen Anwalt?«

Rieke stöhnt auf, ihre Augen sprühen Funken. Dieser Idiot geht vor dieser ach so schönen Frau in die Knie. Die ist bereit auszusagen, und er stoppt sie. Wieder ein Beweis, dass Männer nur mit dem Schwanz denken.

Dierksen schaut sie an. Mach es dir nicht zu einfach, sagen seine Augen. Außerdem bin ich vom Dienstgrad her dein Vorgesetzter und deshalb hältst du im Moment den Mund. Rieke zuckt die Achseln und schweigt. Wahrscheinlich hat er

Recht. Ein Geständnis im ersten Schock kann vor Gericht von jedem Anwalt unverzüglich zerfetzt werden.

»Ich reden«, sagt die Frau. »Jetzt. Sofort. Bitte mir sagen Wahrheit. Harry tot? Ich fühle. Harry tot.«

»Ja«, antwortet Dierksen. »Ihr Mann ist tot. Seine Leiche ist vor ein paar Tagen vor Wangerooge mit einem Fischernetz aus dem Wasser gezogen worden. Wir brauchten ein paar Tage, um ihn zu identifizieren.«

»Schweine«, schreit die Frau. »Alles Schweine. Ich Harry warnen. Gesagt, Schluss machen. Er nicht wollte hören. Noch ein bisschen, sagte er. Wir dann weg. Nach Südamerika.« Sie schlägt die Hände vors Gesicht, schluchzt.

»Mama!«, ruft eine Kinderstimme. Der kleine Junge steht an der offenen Terrassentür. »Mama! Nicht weinen, Mama!«

Milena streckt die Arme aus, das Kind läuft zu ihr. Sie hebt ihn auf ihren Schoß. »Mama nicht weint«, sagt sie und streicht dem Jungen über die dunklen Locken. »Alles gut.« Er schmiegt sich an sie.

Und dann fängt sie an zu reden, ruhig und gefasst, von gelegentlichem Aufschluchzen unterbrochen. Sie nickt, als Dierksen fragt, ob er den Rekorder einschalten darf.

Sie heißt Dunja Sokolow, ist mit ihrem Bruder Dimitrij Sokolow nach Deutschland gekommen. Als Touristen, denn eine Aufenthaltsgenehmigung zu erwirken war aussichtslos. Sie waren nicht deutschstämmig, bekamen noch nicht einmal ein Bleiberecht. Natürlich nicht. Hilfe haben sie bei der russischen Community in Wilhelmshaven gesucht. Dort bekamen sie Unterkunft und Essen von den orthodoxen Gemeindemitgliedern. Das Kind auf ihrem Schoß scheint ihr Kraft zu geben, und die Geschichte, die sie erzählt, macht beide Kommissare betroffen.

Ob sie wirklich stimmt, fragt sich Rieke, – die von einigen schlechten Erfahrungen geprägt – sehr misstrauisch ist.

Dierksen bittet Milena, mit ihnen nach Wilhelmshaven zu kommen, um ihre Aussage im Kommissariat zu wiederholen, selbstverständlich in Anwesenheit eines Anwalts, wenn sie es wünsche. Zu Riekes Erstaunen nickt die Frau. Sie beschließt, Milena erst einmal zu glauben.

»Sie kann mit Mischa ein paar Tage bei mir wohnen. Ich habe genug Platz.«

Lars Dierksen schaut sie zweifelnd an. »Das ist unprofessionell. Aber nett von dir.«

Rieke zuckt die Schultern. »Ich habe da kein Problem. Wo soll sie denn hin mit dem Jungen? Ich nehme die beiden mit nach Wilhelmshaven, gebe Milena als meine lettische Freundin aus, die für ein paar Tage zu Besuch gekommen ist. Morgen sehen wir weiter.«

Ehe Milena antworten kann, fragt Mischa, der bisher ruhig auf dem Schoß seiner Mutter gesessen hat: »Hast du einen Hund?« Seine Kinderstimme hellt den Raum auf.

»Nein, aber eine Katze«, sagt Rieke. »Eine ganz liebe schwarze Katze mit einer weißen Pfote.«

»Dann komme ich mit«, sagt Mischa bestimmt. »Und Mama auch. Aber ich darf die Katze streicheln.«

Abflug aus Juist

Rieke hilft Milena, ein paar Sachen für sich und den Jungen zusammenzupacken. Dierksen nimmt sein iPhone, studiert den Fahrplan und versucht herauszufinden, ob die Tide so günstig ist, dass die Personenfähre nachmittags oder am frühen Abend zurück ans Festland fährt. Fehlanzeige. Da die Fahrrinne nicht wie die von Norddeich nach Norderney ausgebaggert ist, ändert sich der Fahrplan täglich. Die *FRISIA IV* fährt erst am nächsten Morgen gegen 11 Uhr zurück. Dierksen ruft die kleine Polizeistation in Juist an. Es dauert ewig, bis endlich jemand abnimmt, und er hört eine gehetzte Frauenstimme sagen: »Polizeistation Juist, Polizeikommissarin Mertens am Apparat. Was kann ich für Sie tun?«

Im Hintergrund Männer- und Frauenstimmen, das Piepen einer Supermarktkasse.

»Entschuldigen Sie, dass ich Sie beim Einkaufen störe«, kann sich Dierksen nicht verkneifen zu sagen. »Mein Name ist Lars Dierksen, Kriminaloberkommissar aus Varel. Es ist wichtig.«

»Ihnen muss ich wohl nicht erklären, dass die Polizeistationen auf den meisten Inseln nur zu den Bürozeiten geöffnet sind. In dringenden Fällen bin ich über Handy zu erreichen, wie Sie ja gerade erfahren. Wie kann ich Ihnen helfen? Sie wollen mir sicher nicht sagen, dass man Ihre Brieftasche gestohlen hat?«

»Ich bin Kollege, Frau Mertens«, sagt Dierksen. »Und ich würde Sie nicht mit einer Lappalie belästigen.«

»Entschuldigen Sie, Herr Kollege. Ich bin genervt. Pausenlos rufen mich Touristen an, denen entweder der Hund weggelaufen ist oder die ihren Ehemann oder die liebe Ehefrau nicht finden können oder ihr Portemonnaie. Verzeihen Sie, ich weiß, dafür können Sie nichts. Sie sind dienstlich hier?«

»Jawohl, ich bin dienstlich hier und benötige Amtshilfe.«

»Wissen Sie, ich freue mich mittlerweile über jeden ernsthafteren Zwischenfall. Bloß nicht wieder ein Dieb, den sie in der Inselboutique festhalten.«

»Verstehe. Könnten Sie mir bitte einen Rückflug nach Norddeich organisieren? Wir müssen eine Person mit einem kleinen Kind aufs Festland bringen. Es liegt eine Gefahrenlage vor und die Fähre läuft heute nicht mehr aus.«

Naja, das ist etwas übertrieben, denkt Dierksen, sie wissen gar nicht, ob Milena Mahlstedt gefährdet ist, aber der Kommissar ist entschlossen, die Kollegin aus ihrer Inseldepression herauszukatapultieren.

»Ist die Person krank?« Diesmal klingt die Stimme lebendiger. »Oder wird sie bedroht?«

»Nein«, erklärt Dierksen ruhig. »Sie ist nicht krank, sondern in Gefahr. Könnten Sie bitte für drei Erwachsene und ein Kind einen Flug nach Norddeich buchen. Am besten bitte gleich! Und schicken Sie uns jemanden her, der uns abholt. Mit Pferd und Wagen oder Elektrokarren. Egal.«

Es dauert keine halbe Stunde, bis eine Pferdekutsche vor dem Haus in Loos hält. Die blonde, ein wenig füllige Kommissarin, die neben dem Kutscher sitzt, nickt freundlich und schaut besonders Rieke gespannt an. Rieke bedankt sich bei Frau Mertens und entschuldigt sich, dass sie ihr so viel Mühe machen.

Auf der Fahrt zum östlichen Ende der Insel informiert Lars Dieksen die Kollegin bruchstückhaft über die Dringlichkeit, Milena Mahlstedt und ihr Kind auszufliegen. Als die Worte »mafiöse Strukturen« fallen, zuckt Frau Mertens zusammen, fragt aber nicht nach. Die Propeller der kleinen Cessna drehen sich schon, als sie am Flugfeld ankommen. Mischa jubelt begeistert, als er die Maschine sieht. Schnell klettert er die Treppe hoch.

»Bitte anschnallen!«, sagt der Pilot. »Auch den Jungen. Er darf nicht auf dem Schoß sitzen.«

Polizeioberkommissarin Mertens bleibt am Rollfeld stehen, bis die Maschine losfliegt, hebt den Arm und winkt.

Rieke winkt zurück. Würde ich es aushalten, länger auf einer Insel zu leben? Auch im Winter, wenn nichts los ist, fragt sie sich.

Anwerbung

»Ja!«, sagt die Stimme am Telefon. »Om wat gat het?«

»Tietjen. Enno Tietjen. Sie haben mir neulich diese Nummer gegeben und gesagt …«

Schlagartig ändert sich die Tonlage seines unsichtbaren Gegenübers.

»Goedemorgen, Heer Tietjen. Excuseren, entschuldigen Sie bitte. Ich habe einen anderen Anruf erwartet. Ich freue mich, von Ihnen zu hören.«

»Ich, ich, wollte nur wissen …«, fragt Enno.

»Selbstverständlich, Herr Tietjen. Aber nicht am Telefon. Wo können wir uns treffen?« Die Stimme klingt angenehm und freundlich, hat jeden holländischen Akzent verloren.

»Ich weiß nicht.« Enno tritt von einem Fuß auf den anderen. Seine Hände sind schweißnass.

»Wissen Sie was«, sagt der Mann am anderen Ende der Leitung. »Ich würde Ihnen gern etwas zeigen. Dann können Sie immer noch entscheiden, ob wir miteinander ins Geschäft kommen.«

»Was wollen Sie mir zeigen?« Enno bemüht sich, seiner Stimme einen festen Klang zu geben. »Ich habe nicht viel Zeit.«

Die Stimme am anderen Ende lacht.

»Na, na, den Kutter kriegt jetzt der Junior. Der Held ist doch von seinem Südsee-Abenteuer zurück. Sie sind raus aus dem Geschäft. Adieu Krabbenkutter.«

Enno wird heiß.

»Dass Söhnke Knudsen zurück ist, das wissen Sie auch?«

»Was denken Sie denn? Wir leben auf dem Lande, wo jeder jeden kennt. Nicht in einer Millionenmetropole. Hier bleibt nichts verborgen. Aber machen Sie sich mal keine Sorgen«, antwortet die Stimme. »Wir möchten Ihnen nur ein Alternativangebot machen. Wenn Sie nicht wollen, auch gut. Es gibt andere, die sich nach diesem Job die Finger lecken würden.«

»Und wo wollen Sie mich treffen?«, fragt Enno.

»Am Strand.«

»In Holland?« Enno ist verdattert.

Der Mann lacht. »Auch in Ostfriesland gibt es Strände. Wenn auch kleinere. Was halten Sie von Hooksiel? An der Seeschleuse. Dann fahren wir zusammen weiter.«

»Wann?«

»Morgen um zehn Uhr. Da haben Sie genug Zeit, um Ihre Kinder zur Schule zu bringen.«

Die haben mich ausspioniert, denkt Enno. In dieser Nacht schläft er schlecht.

Am nächsten Morgen ist er früh wach, erstaunt, dass er Valerie in der Küche hantieren hört. Die Kinder sitzen am Tisch, rühren zufrieden in ihrem Müsli. Sogar Obst hat sie klein geschnitten.

»Möchtest du Kaffee oder Tee?«, fragt sie und lächelt ihn an.

»Kaffee, ganz starken, bitte«, sagt er und setzt sich zu den Kindern. »Danke, dass du Frühstück gemacht hast.«

Wieder strahlt sie ihn an, ganz wie in früheren Tagen, geht an ihm vorbei, drückt einen Kuss auf seinen Kopf.

»Ihr habt euch doch lieb, oder?«

Seiner Anna entgeht nichts. Enno lächelt gequält.

»Klar, Papa und Mama haben sich lieb, Anna. Das weißt du doch.«

Er blickt seine Frau an. Sie hat ihr Negligé an, zieht es vorne etwas hinunter. Nicht vor den Kindern, möchte Enno sagen, traut sich aber nicht.

»Papi, bringst du Tommi in den Kindergarten?«, fragt sie. Wie Enno das hasst, dieses Papi, er ist nicht Valeries Papi, das weiß sie ganz genau, weiß auch, wie allergisch er auf diese Anrede reagiert. Wieder lächelt sie.

»Papi fährt Tommi in den Kindergarten und Anna in die Schule. Und dann kommt Papi ganz schnell zurück!«

Enno weiß, was die Stunde geschlagen hat. Seine Frau braucht Sex. Und wenn er Pech hat, ist es wieder so weit, dass sie schwanger werden will. Aber nicht mit ihm. Diesmal nicht.

Er wird sich jedem Verführungsversuch entziehen. Es reicht. Er hat gelesen, dass manche Frauen nur psychisch stabil und ausgeglichen sind, wenn die Gelbkörperhormone der Schwangerschaft ihren Körper durchfluten. Während der Schwangerschaften war Valerie immer gut drauf, fröhlich, ohne Stimmungsschwankungen, sexuell unersättlich. Kaum war das Kind geboren, war das Feuer aus. Nein, er würde sich nicht auf dieses Spiel einlassen. Diesmal nicht.

»Lieb von dir, Schatz, das Frühstück zu machen. Ich werde die Kinder kutschieren, aber anschließend habe ich einen wichtigen Termin.«

Fast tut es ihm leid zu sehen, wie ihre Züge in sich zusammenfallen. Er bekommt ein schlechtes Gewissen. Sollte er nicht doch? Aber er weiß, wie die Sache ausgehen wird. Wahrscheinlich hat Valerie die Pille abgesetzt. Wie soll er das kontrollieren? Im Übrigen hat er überhaupt nicht das Bedürfnis, mit ihr zu schlafen. Immer wieder hat Valerie es geschafft, ihn in ihr Bett zu locken. Er ist meistens schwach geworden. Wie der Samson in der Bibel. Nein, diesmal nicht.

»Ich muss los«, sagt er. Sie presst die Lippen zusammen, verlässt wortlos die Küche, er hört die Schlafzimmertür zuknallen. Das war's also.

»Nun ist sie weg!«, bemerkt Tommi lakonisch.

»Ist Mama jetzt böse?«, fragt Anna. Enno sieht, wie ihre braunen Augen wässrig glänzen. Wie sollen die Kinder dieses

Wechselbad an Gefühlen durchstehen? Er schafft es ja auch nicht.

Natürlich kennt Enno den Parkplatz bei der Seeschleuse in Hooksiel. Schließlich ist er hier an der Küste aufgewachsen. Er parkt seinen alten Dacia Dokker auf dem großen Parkplatz, steigt aus und sieht sich um. Kühl ist es, der Wind pfeift, er bindet den Wollschal enger um den Hals, zieht die Schirmmütze tiefer in die Stirn. Rechts vor ihm der lange Pier, an dem die Öltanker anlegen. Die Ansteuerungstonne. Eine Hand legt sich auf seine Schulter.

»Sie müssen sich nicht vermummen«, lacht eine Stimme. »Das hier ist ein ganz normaler Geschäftstermin. Steigen Sie ein, Herr Tietjen.«

Der Mann hält die Fernbedienung hoch. Mit einem leisen Klick öffnen sich die Türen des silbernen S-Klasse-Mercedes. Zögernd lässt sich Enno auf die hellen Lederpolster fallen. Mit einem satten Brummen springt der Motor an.

»Übrigens, ich bin Adrian de Groot.«

»Sind Sie Niederländer oder Deutscher?« Das ist die einzige Reaktion, die Enno einfällt.

»Mein Vater kommt aus den Niederlanden, meine Mutter aus Zwickau. Ich habe die deutsche und die niederländische Staatsangehörigkeit. Es ist immer hilfreich, mehr als eine Staatsangehörigkeit zu haben und mehrere Sprachen zu sprechen.«

»Ich spreche nur Deutsch«, sagt Enno.

»Brauchen Sie nicht, brauchen Sie nicht, werter Herr Tietjen. Bei mir als Geschäftsmann ist das was anderes. Ich arbeite bei einem großen Investor mit Niederlassungen in den Niederlanden und Deutschland. Nach dem Zusammenbruch des Ostblocks haben wir auch Geld in den baltischen Ländern und in Russland investiert. Meine Russisch-Kenntnisse aus der DDR-Zeit sind mir von großem Nutzen.«

»Ich kann nur ein bisschen nautisches Englisch.«

»Wir benötigen Ihre Erfahrung als Bootsführer und Fischer, lieber Herr Tietjen, nicht als Übersetzer. Sie sind in Friesland aufgewachsen, soweit wir wissen, haben eine große Verwandt-schaft hier an der Küste, die hauptsächlich im Tourismusgeschäft tätig ist. Einer Ihrer Cousins ist Bürgermeister eines Küstenortes nur ein paar Kilometer von hier entfernt. Die Schwester Ihrer Mutter hat den damaligen Landrat geheiratet. Ihre verwandt-schaftlichen Beziehungen reichen bis in die niedersächsische Landesregierung, das wissen wir. Ein entfernter Onkel von Ihnen sitzt im Landtag. Genau diese Tatsache macht Sie für uns interessant. Nicht Ihre Sprachkenntnisse.«

Arrogantes Arschloch, denkt Enno.

»Sie wissen selbst, Beziehungen sind Gold wert. Mein Vorschlag, Sie helfen uns und wir helfen Ihnen.«

Wer ist uns, denkt Enno, schweigt aber. Der Mann mit seinem intimen Wissen über ihn und seine Familienverhält-nisse ist ihm unheimlich. Ihm stinken die Niederländer, die

mittlerweile das ganze Fischereigeschäft an der Nordsee-
küste an sich gerissen haben. Gegen deren große Kutter hat
Knudsens kleine MARGARETHA keine Chance. Sogar die
Fangquoten sind so viel höher, dass sie die deutsche Fischerei
kaputtmachen werden. Und nun soll er beim Feind mitmachen? Das geht gegen sein Gewissen, ist Verrat an den Kame-
raden, die ums Überleben kämpfen.

De Groot mustert ihn von der Seite. »Ich weiß, was Sie
denken«, sagt er ruhig, als sie auf der Küstenstraße entlang-
fahren. »Keine Sorge, Sie sollen keinen holländischen Kutter
übernehmen.«

Eine Weile schweigen sie. Sie kommen durch kleine idyl-
lische Ortschaften, sehen die weißen Fähren in Richtung der
vorgelagerten Inseln fahren. Welcher Seemann liegt bei Nelly
im Bett, diesen Spruch hat er seiner kleinen Anna beige-
bracht. Die hat ihn natürlich nicht wirklich verstanden, aber
die Namen der Inseln hat sie sich gemerkt: Wangerooge, Spiekeroog, Langeoog, Baltrum, Norderney, Juist, Borkum.

Rechts windet sich der Deich nach Westen, links liegen
üppige grüne Weiden mit locker eingesprenkelten Wäldchen,
immer wieder Wassergräben und Siele, kleine Seen. Kühe,
Vögel, Bauernhöfe.

Nach einer knappen Stunde verlangsamt de Groot die
Fahrt, lenkt den Wagen auf einen Parkplatz am Deich.

»Wir sind schon an der Emsmündung«, sagt Adrian de Groot. »Da drüben liegt Holland. Lassen Sie uns noch ein wenig spazieren gehen. Ich möchte Ihnen etwas zeigen.«

Gut, dass ich feste Schuhe an den Füßen habe, denkt Enno und nicht die eleganten Lederslipper, die wohl zu Herrn de Groots Verkleidung gehören.

Wunderschön ist es hier. Geradezu idyllisch, besonders an diesem Tag bei tiefblauem Himmel mit vereinzelt dahinsegelnden weißen Schäfchenwolken.

»Ein Touristenparadies, nicht wahr? Vor allem, wenn die Sommer in Zukunft länger dauern und die Temperaturen steigen.« Adrian de Groot zeigt auf den Caravan-Stellplatz vor dem Deich, auf dem die ersten Touristen schon eisenhart vor ihren monströsen Wohnmobilen sitzen und ihre Gesichter angestrengt in die Sonne halten, obwohl diese immer wieder zwischen den Wolken verschwindet.

»Schauen Sie sich die Lage des Platzes an«, sagt de Groot. »Offener Zugang zum Strand, auf der anderen Seite hinter dem Deich ein tideunabhängiger See, der von den Entwässerungsgräben gespeist wird. Ein Siel müsste her, ein Durchbruch zur Nordsee, um den Wasserstand zu regulieren. Und natürlich eine Schleuse, damit die Boote aus dem noch zu bauenden Yachthafen bei günstiger Tide in die Nordsee schippern können.«

De Groot steuert auf ein kleines Deichcafé zu.

»Lassen Sie uns een kopje koffie trinken, dann erläutere ich Ihnen unser Vorhaben. Und Sie sagen mir, ob Sie sich einklinken wollen. Wir zwingen niemanden zu seinem Glück.«

»Kommen wir zur Sache, Herr Tietjen«, sagt de Groot, als sie an einem der glattgehobelten Holztische sitzen, durch die beschlagenen Scheiben auf das Meer und die am Horizont vorbeiziehenden Containerschiffe schauen und die kalten Finger an den heißen Tassen wärmen.

»Das Konsortium, für das ich arbeite, plant an dieser Stelle ein riesiges Familien-Freizeit-Resort zu bauen. Sie kennen doch die holländischen Ferien-Freizeitparks, oder?«

»Ja, die riesigen Amüsierparks für die ganze Familie«, knurrt Enno. »Auf der anderen Seite in Butjadingen gibt es auch so was.«

»Richtig. Egal, ob Sie diese Anlagen mögen oder nicht. Das sind reine Geldmaschinen. Die Leute sind verrückt danach.«

»Ja, die wollen sich alle zu Tode amüsieren.«

»Seien Sie nicht so streng mit Ihren Mitmenschen«, sagt der Holländer und zuckt die Schultern. »Die Leute arbeiten hart, verdienen gutes Geld, und in den Ferien wollen sie halt ihren Spaß haben.«

»Und die quengelnden Gören vom Hals.«

»Auch das!« Adrian de Groot lacht.

»Und wozu brauchen Sie mich? Ich bin kein Kindergärtner.«

»Um Gottes willen, Herr Tietjen. Dafür haben wir die jungen Leute. Animateur ist ein etablierter Ausbildungsberuf in den holländischen Berufsschulen. Die Animateure werden dafür bezahlt, die Kinder zu unterhalten. Deren Eltern übrigens auch. Ohne Amüsierprogramm läuft nichts mehr.«

Enno verdreht nur die Augen. »Und was habe ich damit zu tun?«

De Groot lacht wieder. »Sie sind für das Amüsierprogramm der Eltern ausersehen. Ich sehe die Werbe-Slogans schon vor mir: Mit einem traditionellen Kutter auf Krabbenfang! Raus zu den Seehundsbänken! Tagesausflug auf eine der Ostfriesischen Inseln. Wattwanderungen im Nationalpark Wattenmeer.«

»Ich bin Fischer, kein Amüsierhansel.«

»Langsam, langsam, lieber Herr Tietjen. Übrigens, ich heiße Adrian. In den Niederlanden nennen wir uns mit Vornamen, das ist sofort viel freundlicher.«

»Ich heiße Enno«, sagt Enno zögernd.

Adrian hebt den Arm und winkt der Bedienung. »Twee oude genever, alsjeblieft. Darauf trinken wir einen.«

Enno fühlt sich überrumpelt.

»Herr de Groot«, sagt er.

»Adrian, alsjeblieft«, sagt der.

»Also, Adrian, und was muss ich noch tun außer mit vergnügungssüchtigen Touristen im Watt herumzutuckern? Die kotzen doch sofort, wenn es ein bisschen schaukelt.«

»Das ist doch nur die Planung im ersten Jahr. Dann geht es erst richtig los. Wir planen natürlich einen Yachthafen, wo die Kunden entweder Segelboote chartern oder für ihre eigenen Boote einen Liegeplatz buchen können. Neben den luxuriösen Fischerhäusern für die Gäste gibt es auch das Exclusiv-Programm: Pfahlhäuser direkt am See mit eigenem Bootssteg. Schauen Sie.«

De Groot holt Papiere aus seiner kalbsledernen Aktentasche und breitet sie auf dem Tisch aus.

»Hier ist das ganze Areal eingezeichnet. Der Familienpark ist hier.«

De Groot tippt mit dem silbernen Schreiber auf die Karte.

»Mittlerweile haben auch wir Niederländer die Deutschen richtig lieb. Besonders eure günstigen Bodenpreise. Häuser und Grundstücke sind in Deutschland billiger als in den Niederlanden. Auch Lebensmittel. Eine Menge Niederländer wohnen mittlerweile in Deutschland und fahren jeden Morgen über die Grenze zur Arbeit. Und die Familien-Freizeit-Resorts – auch die in Deutschland – werden fast alle von niederländischen Investoren finanziert, das haben Sie sicher auch in der Zeitung gelesen.

»Noch einmal, wozu brauchen Sie mich, Herr de Groot?«

»Adrian, bitte. Wir brauchen dich – wie gesagt – zuerst auf den Ausflugsschiffen. Wenn der Hafen fertig ist – als Hafenmeister.«

»Als Hafenmeister?« Ennos Augen fangen an zu glänzen. »Im Ernst?«

»Ich wusste doch, dass dir das gefallen würde, Enno. Das war doch immer dein Traum.«

»Was muss ich dafür tun?«, fragt Enno trocken. Wieso wusste dieser Adrian, dass er von Kindheit an davon geträumt hatte, Hafenmeister zu werden. Hafenmeister wie sein Vater in diesem kleinen Hafen an der Weser, der schon längst zugeschüttet war, weil er sich nicht mehr lohnte. Als Hafenmeister müsste er nicht mehr tagelang rausfahren und die Kinder allein lassen.

»Dann kannst du auch deine Kinder besser versorgen«, sagt Adrian.

In diesem Augenblick erkennt Enno, dass sein Gegenüber alles, wirklich alles über ihn weiß. Hat er ihn wegen seiner finanziellen und familiären Schwierigkeiten ausgesucht?

Adrian de Groot lächelt beruhigend. »Nun mach dir mal nicht so viele Gedanken, Enno. Kommt Zeit, kommt Rat.«

»Warum braucht ihr ausgerechnet mich?« Enno bleibt hartnäckig. »Es gibt viele wie mich. Meine Qualifikationen sind hier an der Küste nicht ungewöhnlich. Ist es, weil ich dringend einen gut bezahlten Job an Land brauche?«

»Sei doch nicht so misstrauisch, Enno. Wir brauchen dich. Wir brauchen deine Hilfe, um bauen zu können. Wir benötigen die Baugenehmigung sowohl für die Vergrößerung des Campingplatzes als auch für die Bebauung der Insel drüben im See. Die steht leider unter Naturschutz. Bisher verhindern Naturschützer wegen so'n paar Piepmätzen die Bebauung. Das kennst du ja. Tiere sind wichtiger als Menschen. Fische wichtiger als die Fischer.«

Enno nickt. Wider Willen. Aber an diesem Punkt hat de Groot recht. Wie oft hat er schon über die Regulierungswut der Beamten in Brüssel geschimpft.

»Wir wollen auf der Insel das Sportcenter aufbauen: Segelklub, Surfspot, Wasserskianlage. Das Land, das man uns zwischen Wattenmeer und See von der Gemeinde angeboten hat, reicht nicht. Dafür lohnt sich der Aufwand nicht, das zahlt sich nicht aus. Wir wollen das ultimative Familien-Freizeit-Resort bauen, mit allem Drum und Dran, nicht nur ein großes Schwimmbad mit Rutschen und ein paar Ferienunterkünften. Dieser Ferienpark muss ein Magnet werden für wohlhabende Touristen, nicht für Massen auf Schnäppchenjagd.«

»Warum gehen die Investoren nicht gleich auf eine der Ostfriesischen Inseln?«, fragt Enno.

»Viel zu klein, viel zu viele Naturschutzauflagen, die Hürden mit dem Fährverkehr. Alles zu kompliziert. Aber du musst zugeben, Enno, das Projekt fängt an, dich zu interessieren. Wir wollten über einen gewissen Bremer Reeder versuchen, einen Freizeitpark auf Spiekeroog zu installieren. Aber der wollte nicht mitmachen, der hatte eigene Ideen. Aber sein Geschäftsmodell ist ja grandios gescheitert. Wir sind im Moment dabei, Grundstücke an der Küste aufzukaufen. Einer deiner Cousins ist Bürgermeister in dem kleinen Ort in der Nähe. Den solltest du mal anrufen. Wir sind gern bereit, die Gemeinde großzügig zu unterstützen.«

»Ich habe so gut wie keinen Kontakt zu ihm.«

De Groot zuckt mit den Schultern. »Dann kümmere dich um Kontakt. Wir haben vielleicht auch einen deutschen Investor dabei. Einen hier von der Küste. Du wirst seinen Namen kennen, Enno. Der Unternehmer Karl Löschner. Ihm gehört viel Land hier in der Gegend. Sein Bruder ist bei der Wasserschutzpolizei. Solche Beziehungen sind immer hilfreich. Es gibt übrigens viel frei-floatendes Kapital, das nach Anlage ruft. Man muss die niederländischen und russischen und deutschen Investoren nur zusammenbringen, dann winkt das ganz große Geschäft für alle Beteiligten. Auch für uns.«

»Schmutziges Geld?« Enno lässt sich nicht so einfach abspeisen. »Geldwäsche?«

»Das reicht dann fürs erste.« De Groot beginnt, seine Unterlagen wieder zusammenzupacken. »Alles Weitere klären andere. Nicht wir. Je weniger du weißt, desto besser. Enno, du hast 24 Stunden Bedenkzeit. Wir zwingen dich zu nichts. Wie gesagt, es gibt andere.«

Enno nickt. Schweigend gehen sie zurück zum Auto, fahren zurück zum Parkplatz in Hooksiel.

»Sei kein Idiot, Enno«, schließt Adrian de Groot. »Ist es deine Schuld, dass die deutsche Fischerei am Boden liegt? Das lass doch die ausbaden, die mit ihren realitätsfremden Gesetzen und Verordnungen euch alle hier kaputt gemacht haben.

Mafiöse Strukturen

»Es war richtig, Milena Mahlstedt und ihren Sohn sofort mitzubringen. Wir müssen prüfen, ob sie gefährdet ist. Wenn das der Fall ist, sollten wir ihr raten, Zeugenschutz zu beantragen.«

Kriminalhauptkommissar Freese hat Spätdienst, als Rieke Breken und Lars Dierksen am späten Nachmittag in der Polizeiinspektion Wilhelmshaven erscheinen. Milena und den kleinen Mischa hat Rieke erst einmal in ihre kleine Parterrewohnung gebracht. Sie haben der Frau Zeit gegeben, sich zu fassen. Sie wird erst am nächsten Morgen vernommen werden. Im Beisein eines Anwalts natürlich.

Polizeihauptkommissar Freese hört sich gemeinsam mit Rieke Breken und Lars Dierksen das mitgebrachte Tonband mit Milenas Aussagen an.

Einige Worte auf dem Band sind schlecht zu verstehen. Sie hören noch einmal, wie Milena stockend erzählt, dass ein russischer Bekannter in Wilhelmshaven angeboten habe, Pässe auf die deutsch klingenden Namen Steinbach zu besorgen, Pässe für Boris und Milena Steinbach.

»Die russische Mafia«, vermutet Rieke Breken »hat wohl eine Gegenleistung verlangt. Das Ganze macht Sinn, wenn man weiß, dass sich die russische Mafia wegen des dramatischen Rückgangs der Fischbestände in Nord- und Ostsee auf illegalen Fischfang in europäischen Gewässern spezialisiert hat. Auf diesem Gebiet ist viel Geld zu machen, wie die Zahlen zeigen. Allerdings müssen die Gewinne aus den undokumentierten Fängen gewaschen werden, dafür braucht man Banker, die bereit sind, illegale Transaktionen vorzunehmen.«

»Das gibt Milena Mahlstedt auch zu«, erwidert Dierksen. »Sie ist auf Mahlstedt angesetzt worden mit dem klaren Auftrag, ihn zu umgarnen und ihn in die Geschäfte der Mafia einzubinden. Das ist ihr wohl auch gelungen. Schön und sexy wie sie ist.«

»Vielleicht hat sie schon in Russland als Prostituierte gearbeitet«, überlegt Kommissarin Breken laut.

»Und das aus Ihrem Munde, liebe Kollegin Breken. Sie sind es doch, die bisher wie eine Löwin dafür gekämpft haben, in Frau Mahlstedt nur das Opfer zu sehen. Sie haben ihr – gegen unsere Bedenken – Asyl im eigenen Haus gewährt. Ist ja ok, auch für

Russinnen gilt die Unschuldsvermutung.« Er schaut sie stirn-runzelnd an. «Das schreibt unsere Verfassung vor«, schaltet sich Freese ein. »Aber es ist durchaus denkbar. Aber welche Rolle spielt der Bruder? Diese Frage ist noch völlig ungeklärt.«

»Wir haben sie gefragt«, sagt Dierksen. »Sie sagte uns, sie wisse nicht, wo er ist. Im ersten Jahr habe sie ihn noch auf irgendwelchen exklusiven Parties reicher Investoren getroffen, dort habe sie auch Mahlstedt kennengelernt, aber dann sei Boris plötzlich verschwunden. Sie habe keine Ahnung, wo er sich aufhalte.«

Sie behauptet, sie sei froh, dass er weg ist. Angeblich sei Boris Steinbach auch nur ihr Stiefbruder. Der Sohn des zweiten Mannes ihrer Mutter. Sie habe ihn nie gemocht. Er sei böse, ein durch und durch böser Mensch, was immer das bedeuten mag«, ergänzt Rieke.

»Es gibt offensichtlich eine Verbindung zwischen Mahl-stedt und Boris Steinbach. Mit hoher Wahrscheinlichkeit ist Mahlstedt der Banker, den Boris Steinbach in illegale Bankge-schäfte verwickelt hat.«

»Wusste Milena davon?« Wieder ist es Rieke, die kritisch fragt. »Wäre doch nur wahrscheinlich, wenn sie auf Mahlstedt angesetzt wurde.«

Zu ihrem Erstaunen stimmt Dierksen ihr diesmal zu.

»Ich denke schon. Die Mafiosi hatten sie beide wegen der Pässe in der Hand und jetzt forderten sie eine Gegenleistung ein. Milena sollte ihr Opfer – den Banker Mahlstedt – umgarnen, abhängig von sich machen und ihn dazu bringen, seine Gier nach Luxus und Reichtum befriedigen zu wollen. Doch dann ist etwas passiert, womit die Mafiabosse nicht gerechnet hatten. Sie habe sich in Harry verliebt, darauf beharrt Frau Mahlstedt, sie habe sich bei ihm geborgen und behütet gefühlt. Als sie ein Kind von ihm erwartet habe, hätten sie in aller Stille geheiratet.

»Ist das glaubhaft?« Hauptkommissar Freese ist skeptisch. »Oder hat sie Mahlstedt mit Hilfe des Kindes nur fester an sich binden wollen? Damit hätte sie erreicht, was sie wollte: eine Aufenthaltserlaubnis in Deutschland und einen Mann, der für sie aufkommt.«

»Ja, ja, wenn eine Frau aufhört, nach ihrem Traumprinzen zu suchen, braucht sie nur einen Vater für ihre Brut«, grinst Dierksen.

»Ist es das, wovor Sie Angst haben, lieber Kollege?« Rieke schlägt zu.

»Bitte keine persönlichen Anwürfe«, mischt sich Freese ein. »Dafür ist die Angelegenheit zu wichtig. Frau Mahlstedt sagt auf dem Band, Mahlstedt habe versprochen, mit ihr nach Südamerika auszuwandern.«

»Vielleicht hat Frau Mahlstedt wirklich Angst bekommen und wollte weg. Es sieht so aus, als ob Harry Mahlstedt seine Frau nicht in seine Geschäfte eingeweiht hat. Sie sagt aus, sie verstünde nichts von Geldanlagen, habe nur hier und da ein paar Telefongespräche mitbekommen, habe nicht gewusst, wohin ihr Mann fuhr, wenn er seinen Koffer packte und ihr versprach, in ein paar Tagen zurückzukommen. Können wir ihr glauben? Lügt sie uns an?« Dierksen runzelt die Stirn.

»Offensichtlich ist über drei, vier Jahre alles gutgegangen«, überlegt Freese. »Mahlstedt machte mit der Zeit wohl auch durchaus legale Transaktionen für reiche Kunden, die er in seinem neuen, luxuriösen Leben traf. Er half ihnen, Gelder geschickt anzulegen, Immobilien zu erwerben, Aktien zu kaufen, Steuern zu sparen. Es sieht so aus, als ob er sich zu einem gefragten Experten in Finanzangelegenheiten gemausert hat, der immer mehr vergaß, wie seine Karriere gestartet ist.«

»Aber so schnell ließ sich die Mafia nicht aus dem Geschäft drängen«, sagt Dierksen. »Ich vermute, dass Mahlstedt unter Druck kam, als im letzten Jahr die illegalen Machenschaften einer dänischen Bank aufflogen, die für dänische Fischpiraten Schwarzgelder über Riga und St. Petersburg zu seiner Bank in Hannover transferieren wollte. Mahlstedt schuf wahrscheinlich Konten und Unterkonten, schrieb Rechnungen für russische und baltische Firmen über nie geleistete Dienstleistungen, half den Mafiosi, das Schwarzgeld zu waschen, indem er sie beim Kauf von Immobilien unterstützte. Mit seiner Hilfe eröffneten sie Restaurants, betrieben Spielhallen, taten alles, um den Ursprung des Geldes zu verschleiern.

»Vielleicht wollte Mahlstedt tatsächlich mit seiner Frau und dem Kind nach Südamerika verschwinden«, spekuliert Rieke.

»Eine fromme Hoffnung«, sagt Dierksen. »Völlig unrealistisch.«

»Und das drei Wochen her«, sagt Milena auf dem Band. »Und nun Harry tot. Die russische Mafia nicht loslässt Harry. Harry gefährlich. Weiß über Geschäfte, illegal. Ich nicht viel verstehen.«

»Die Frage ist«, überlegt Freese, »ob Milena Mahlstedt die Wahrheit sagt und deshalb für die Mafia gefährlich ist. Dann könnte sie Zeugenschutz beantragen. Eine schwierige Entscheidung für die Mutter eines kleinen Kindes. Sie müsste mit ihm untertauchen und eine neue Identität annehmen. Wir können Frau Mahlstedt zu nichts zwingen, das Zeugenschutzprogramm müsste sie selbst beantragen.«

»Wir werden sie morgen noch einmal befragen«, schlägt Rieke vor. »Wir haben sie hierhergeschleppt. Wir sind für sie verantwortlich. Für sie und das Kind.«

Verdacht

Am nächsten Morgen fährt Rieke Breken mit Milena zur Polizeiinspektion. Mischa ist bei einer Nachbarin untergebracht.

Die hat einen fünfjährigen Sohn und viele Spielsachen, auf die sich Mischa sofort gestürzt hat. Er hat keine Augen mehr für seine Mutter, schnappt sich den blauen Bagger und schüttelt seine Mutter ab, die sich tränenreich von ihm verabschieden will.

»Kommen Sie«, sagt Rieke und schiebt Milena aus dem Kinderzimmer. Im Beisein eines Anwalts und eines Übersetzers wird Milena die Transkription des Verhörs auf Juist vorgelegt. Milena unterschreibt, ohne zu zögern.

»Ich nichts weiß über Geschäfte. Nicht kenne Männer von russische Mafia.«

»Aber Sie sind doch auf Harry Mahlstedt angesetzt worden. Wer war der Kontaktmann?«, fragt Polizeioberkommissar Freese.

»Ich nicht verstehen. Was ist Kontaktmann?«

»Na, wer hat Sie denn zu Mahlstedt geschickt? Wer hat Sie mit Mahlstedt bekanntgemacht?«

»Nicht ich kennen den Mann. Böser Mann.«

»Ja, ja, böse. Das sagten Sie schon. Aber das hilft uns nicht.« Polizeihauptkommissar Freese wird ungeduldig. »Wenn wir den Mörder Ihres Mannes finden wollen, müssen Sie uns helfen, sonst kommen wir nicht weiter.«

Der Anwalt hebt warnend die Hand. »Bitte, setzen Sie meine Klientin nicht unter Druck. Sie sehen doch, sie ist traumatisiert.«

»Nur noch eine Frage«, sagt Freese. »Frau Mahlstedt, wissen Sie, wo sich ihr Bruder aufhält?«

Irrt er sich oder zuckt sie zusammen?

»Nein«, wimmert Milena. »Bruder böse. Ich kein Kontakt.«

»Ich denke, wir brechen hier ab«, sagt Freese. »Hat wohl im Moment keinen Zweck.« Er nickt Rieke zu. »Ehe sie mit Frau Mahlstedt nach Hause fahren, kommen Sie bitte einen kurzen Moment in mein Dienstzimmer.«

Der Alte spinnt doch, denkt Rieke. Warum setzt er der armen Frau so zu? Was soll das? Sie folgt ihrem Chef ins Büro. Freese macht die Tür sorgfältig zu.

»Ich habe ein schlechtes Gefühl«, sagt er. »Ein Bauchgefühl. Kann mich aber auch irren. Aber irgendetwas ist da nicht ganz koscher. Frau Mahlstedt behauptet, so gar nichts zu wissen. Ich glaube einfach nicht, dass sie überhaupt nichts mitgekriegt hat. Ich denke, sie macht uns was vor und lügt wie gedruckt, um sich zu schützen.«

»Vielleicht hat sie Angst«, überlegt Rieke. »Angst vor der Rache der Mafia, wenn sie aussagt. Könnte doch sein.«

»Oder es ist alles ein abgekartetes Spiel.«

»Hinnerk, hör auf. Du bist ein solch misstrauischer Schwarzseher. Lass die Frau doch erst einmal zu sich selbst kommen.«

»Sie wohnt in deiner Wohnung, das gefällt mir gar nicht.«

»Willst du mir das verbieten?« Riekes Stimme wird scharf.

»Ich könnte es versuchen, du weißt das. Als Chef habe ich auch für dich eine Fürsorgepflicht.«

»Darauf kann ich verzichten. Ich weiß, was ich tue.«

»Das glaube ich nicht. Wie lange willst du sie denn beherbergen?«

»Übers Wochenende. Ich habe keinen Dienst und will herumtelefonieren. Vielleicht ist das Zeugenschutzprogramm übertrieben. Aber Frau Mahlstedt sollte zumindest aus Norddeutschland verschwinden. Vielleicht hat sie ja irgendwo Familienangehörige oder Freunde in der russischen Gemeinde, zu denen sie gehen könnte.«

»Das bezweifle ich«, sagt Freese. »Aber gut. Vielleicht hast du als Frau mehr Möglichkeiten, ihr Vertrauen zu gewinnen. Ich gebe dir noch dieses Wochenende, dann entscheide ich. Auch zu deiner Sicherheit. Es geht hier nicht um normale Kriminelle, sondern um die russische Mafia. Und die schreckt vor nichts und niemandem zurück.«

»Ich weiß, Hinnerk«, erwidert Rieke. »Bis Montag. Ich verspreche dir, bis Montag finde ich eine Lösung.«

Sie öffnet die Tür.

»Übrigens«, der Kommissar grinst, »der junge Kollege aus Varel macht dir schöne Augen. Aber das hast du gestern Abend sicher selbst festgestellt.«

»Unsinn.« Rieke merkt, wie sie rot wird. »Außerdem geht dich das gar nichts an.«

»Stimmt«, sagt Freese. »Ich hoffe nur, dem jungen Mann gelingt es besser, dich davon zu überzeugen, dass deine Mutter-Teresa-Aktion hirnverbrannt ist.«

Rieke schlägt die Tür zu.

Sie setzt Milena Mahlstedt vor ihrer Tür ab, sieht, wie die Frau zu der Nachbarin hinübergeht, um den Kleinen abzuholen. Je normaler und alltäglicher der Besuch aussieht, umso besser, denkt Rieke.

»Wollt ihr mitkommen zum Einkaufen?« Rieke hat das Fenster hinuntergekurbelt und beobachtet, wie Milena mit beiden Jungen aus dem Haus der Nachbarin kommt.

»Nein! Wir wollen schaukeln«, schreit der größere Junge und rennt los. Mischa hinterher.

»Besser, ich bleibe«, sagt Milena. »Ich aufpassen auf Kinder.«

Rieke nickt. »Nimm die Haustürschlüssel. Ich fahre noch schnell zum Supermarkt. Bin gleich wieder da.«

Der Einkauf dauert doch länger, als sie gedacht hat. Es ist voll im Laden, lange Schlangen vor den Kassen. Als Rieke den Wagen geparkt hat und schwer beladen mit zwei Einkaufskörben am Fenster vorbeigeht, sieht sie aus den Augenwinkeln, dass Milena das Telefon blitzschnell auf die Station legt. Ziemlich atemlos, so kommt es ihr vor, reißt Milena die Haustür auf, strahlt sie an.

»Hat jemand angerufen?«, fragt Rieke.

»Nein! Nein!« Milenas Antwort kommt schnell und laut.
»Ich denke, Telefon klingelt. Ich Hörer nehmen. Sage hallo.
Niemand.«

»Gehen Sie bitte nicht ans Telefon«, sagt Rieke aufgebracht.
»Es muss nicht alle Welt wissen, dass Sie hier wohnen.«

»Ja, ja«, sagt Milena. »Ich nicht wieder tun.«

Schweigend räumen sie die Taschen aus, Rieke verstaut
Fleisch und Gemüse im Kühlschrank.

»Ich kochen«, sagt Milena. »Kochen ich kann gut.«

Das klingt ein bisschen wie ein Friedensangebot, denkt
Rieke. Vielleicht reagiere ich zu hysterisch. Aber warum geht
die Frau ans Telefon? So dumm kann sie doch nicht sein. Und
wieso war angeblich niemand dran? Wenn der Anruf für
mich gewesen wäre, hätte sich jemand gemeldet und nach mir
gefragt. Hat sie schon gestern Abend mit jemandem Kontakt
aufgenommen? Mit der Mafia? Mit ihrem Bruder?

Lügengeschichten

Rieke träumt. Sie baut mit Mischa am Strand eine große Burg
und verziert sie mit Muscheln, während Milena im Strand-
korb sitzt und sich sonnt. Ein Sturm kommt auf. Ein heftiger
Wind fegt über den Strand. Sie fährt hoch, ihr Herz rast. Wie

ein Gespenst steht Milena vor ihrem Bett, rüttelt an ihrer Schulter.

»Weg müssen! Sofort!« Die Stimme voller Panik.

»Was ist los?« Rieke schnappt nach Luft.

»Boris angerufen. Will kommen.«

»Dein Bruder? Woher weiß er, wo du bist?« Mit einem Schlag ist Rieke hellwach. Milena zittert am ganzen Körper. Ihre Hände flattern.

»Schnell, schnell«, sagt sie. »Er kommen will. Früh am Morgen. Ich sage nein. Nicht kommen. Er sagen, mir will helfen, mir und Mischa. Er sagt, hat Versteck. Sonst Mafia.«

Mit einem Satz springt Rieke aus dem Bett, wirft sich den Morgenmantel über, greift zum Telefon.

Eine verschlafene Stimme meldet sich. »Freese am Apparat. Was ist los, Rieke?«

»Milena ist aufgespürt worden. Ihr Bruder will sie morgen abholen, angeblich will er sie vor der Mafia verstecken. Sie hat Angst.«

»Also hat mein Bauchgefühl mich nicht getäuscht«, brummt Freese. »Die Frau weiß mehr, als sie zugibt. Warum sonst will die Mafia ihrer habhaft werden?«

»Die schicken den Bruder vor. Damit sie freiwillig mitgeht.«

»Das denke ich auch. Lass sie ein paar Sachen packen, ich schicke euch einen Wagen.«

Zwanzig Minuten braucht die Zivilstreife, ehe sie quietschend vor dem Haus hält. Hätten auch leiser bremsen können, denkt Rieke. Die Nachbarschaft muss nicht unbedingt aufwachen. Den schlafenden Mischa schleppen die Frauen zum Auto, legen ihn auf die Rückbank. Milena setzt sich neben ihn, bettet den Kopf des Kleinen auf ihren Schoß.

Rieke verfrachtet Milenas Reisetasche in den Kofferraum, legt Mischas Plüschbären auf den Beifahrersitz. Sie fahren ohne Blaulicht und Sirene zur Polizeiinspektion und hinunter in die Tiefgarage. Bloß kein Aufsehen erregen. Niemand soll einen Blick auf die Passagiere im Auto werfen können.

Freese, unrasiert und mit geröteten Augen, wartet schon in seinem Büro, hat einen Block und einen Kuli vor sich auf dem Schreibtisch liegen.

Der könnte sich auch mal langsam an die digitale Welt gewöhnen, denkt Rieke, schnappt sich den Laptop vom Regal, schaltet ihn ein. Was denkt er sich eigentlich, wer hinterher seine Hieroglyphen entziffern soll.

»So, Frau Mahlstedt, jetzt sagen Sie uns erst einmal die Wahrheit, sonst können wir Ihnen nicht helfen.«

Milena fängt an zu weinen, der Junge auf ihrem Schoß gleich mit.

»Ich haben Angst«, schluchzt Milena.

»Mit Recht«, sagt Freese kalt. »Nun ist Schluss mit der Lügerei!«

»Ich nicht schuld«, sagt Milena.

»Von Schuld redet hier niemand, Frau Mahlstedt. Aber wir müssen die Wahrheit wissen, um Ihnen helfen zu können. Wenn wir den Mord an Ihrem Mann aufklären wollen, brauchen wir mehr Informationen von Ihnen.« Rieke bleibt ruhig. Innerlich ist sie empört, dass Milena sie so offensichtlich angelogen hat. Ihr fällt der Vorfall vom Nachmittag ein. Sie hat gesehen, wie Milena vom Telefon weggehuscht ist. Hat sie ihren Bruder angerufen? Ihn um Hilfe gebeten? Aber warum hat sie dann so panisch reagiert, als er sein Kommen ankündigte? Das passt nicht zusammen. Trotzdem bleibt ein Rest Mitleid für die Russin und eine nicht zu bezwingende Zärtlichkeit für den kleinen Jungen, der mit großen Augen von Rieke zu seiner Mutter blickt und dann versucht, mit vielen kleinen Küssen deren Tränen wegzuwischen.

»Ich nix wissen!« Milena scheint sich gefasst zu haben. Sie hebt den Kopf, schiebt ihr Kinn vor.

»Ich unschuldig. Boris ist Mörder von Harry.«

»Das ist eine schwere Beschuldigung, Frau Mahlstedt«, sagt Freese. »Natürlich bekommen Sie einen Anwalt. Nach deutschem Recht muss sich niemand selbst belasten. Wir setzen die Befragung morgen fort, wenn wir alle ausgeruht sind. Ich mache Ihnen folgenden Vorschlag. Sie können mit dem Kind in einer unserer – zugegebenermaßen – nicht gerade gemütlichen Zellen übernachten. Da sind Sie auf jeden Fall sicher.«

»Ich Opfer. Ich nicht Verbrecher.«

Freese hebt beschwichtigend die Hand.

»Das sagt auch keiner. Sie werden hier nicht eingebuchtet. Ich habe nur überlegt, wie ich Sie am besten schützen kann, denn Sie haben um Hilfe gebeten. Wir werden Sie nicht gegen Ihren Willen festhalten. Gleich nebenan gibt es ein kleines Familienhotel, dort können Sie mit Ihrem Sohn schlafen, wenn Sie wollen. Ein Kollege wird sogar im Vorraum des Hotels Wache halten. Das werde ich anordnen. Alles geschieht zu Ihrem Schutz, Frau Mahlstedt. Sie sind ein freier Mensch. Niemand beschuldigt Sie für irgendwas. Wenn Sie es wollen, rufe ich Ihnen auch ein Taxi und Sie können hinfahren, wohin Sie wollen. Haben Sie Familie oder Freunde in Wilhelmshaven?«

Das ist ein Bluff, denkt Rieke. Was macht Freese, wenn sie wirklich darauf besteht zu verschwinden. Aber das wird sie nicht wagen.

»Ich nehme Zelle.« Milena gibt nach. Ihr zorniger Widerstand war wohl nur gespielt. Sie hat Angst. Egal wie gut sie über die Machenschaften ihres Bruders Bescheid weiß, sie ist in Gefahr, wenn die Mafiosi befürchten müssen, dass sie aussagt.

»Also gut«, sagt der Kommissar. »Frau Breken wird Ihnen Ihre Unterkunft zeigen.«

Unterkunft ist gut, denkt Rieke, sie weiß aber auch keine bessere Lösung. Sie werden den Staatsanwalt einschalten müssen. Hoffentlich hat nicht einer dieser unausstehlichen Besserwisser Wochenenddienst.

»Morgen früh schnappen wir uns diesen Boris«, sagt Freese, als Rieke zurückkommt. »Am besten bleibst du auch gleich hier. Ist sicherer.«

»Jetzt übertreibst du aber, Hinnerk.«

»Ok, ich wusste, dass du das sagst. Aber ich bestehe darauf, dass dich zwei Kollegen von der Bereitschaft nach Hause bringen und ein paar Stunden Wache schieben. Mit diesen Mafiosi ist nicht zu spaßen. Hoffen wir, dass dieser Boris wirklich auftaucht, dann hätten wir eine Spur.«

Boris Steinbach taucht tatsächlich auf. Milena hatte ihm offensichtlich nicht gesagt, dass sie bei einer Polizistin wohnt. Am frühen Morgen steigt er aus einem schwarzen BMW, öffnet zielstrebig die Gartenpforte und klingelt an der Haustür. Als sich zwei uniformierte Beamte auf ihn stürzen und ihm Handschellen anlegen, scheint er völlig überrumpelt.

»Wo ist meine Schwester?«, brüllt er, als Rieke Breken aus der Tür kommt.

»Wir bringen Sie zu ihr«, sagt die Kommissarin knapp. »Wir haben eine Menge Fragen an Sie und an Ihre Schwester.«

»Ich will sofort einen Anwalt«, erwidert Steinbach.

»Den kriegen Sie, Herr Steinbach. Den brauchen Sie auch dringend.«

Polizeiinpektion Wilhelmshaven

Es wird eng im Raum: Milena Mahlstedt und ein Pflichtanwalt, Polizeihauptkommissar Freese, Kommissarin Breken, ein Dolmetscher, der kurzfristig einspringen konnte. Zu Riekes Erstaunen betritt auch Kriminaloberkommissar Dierksen ein paar Minuten später abgehetzt das Kommissariat. Widerwillig muss sie sich eingestehen, dass sie sich freut, ihn zu sehen. Lars ist wohl die letzten Meter gerannt, seine Haare stehen wild ab, seine Gesichtshaut ist gerötet, sein Atem geht keuchend. Mit einem kurzen Nicken begrüßt er die Kollegen, hat ein Lächeln für Rieke, das sie ignoriert.

Wo ist der Junge, fragt sich Rieke, als sie den Verhörraum betreten. Wo hat man den Kleinen untergebracht?

»Eine unserer Polizeianwärterinnen spielt mit Mischa im Nebenraum am Computer«, flüstert Hinnerk Freese ihr zu. Donnerwetter, er scheint Gedanken lesen zu können.

»Du hast Harry umgebracht«, schreit Milena, kaum haben die Bereitschaftspolizisten auch Boris Steinbach durch die Tür geschoben. Ihr Stuhl fällt um und sie rennt mit ausgestreckten Fingern auf ihn zu – wie eine Tigerin, die die Krallen in ihr Opfer schlagen will. Boris Steinbach weicht instinktiv zurück. Wildes Handgemenge mit den Beamten, die versuchen, die beiden Kontrahenten zu trennen.

»Immer mit der Ruhe, junge Frau.« Der ältere Streifenbeamte führt Milena behutsam zu ihrem Stuhl. Bleibt neben ihr stehen.

»Harry mit dir segeln. Auf Nordsee. Ich gewarnt Harry. Tu nicht, er nicht hört. Du Harry getötet.«

»Herr Steinbach, Sie haben gehört, was Frau Mahlstedt gesagt hat. Haben Sie Herrn Mahlstedt zu einem Segeltörn eingeladen? Wann und wo?«

»Halt«, unterbricht der Anwalt. »Herr Steinbach, Sie müssen nicht antworten. Sie können die Aussage verweigern.«

»Warum sollte ich?«, fragt Boris Steinbach. »Ja, ich habe Harry zu einem Törn eingeladen. Wir waren in Hooksiel am Yachthafen verabredet, aber er ist nicht aufgetaucht.« Er fasst in seine Jackentasche, zieht eine Packung Kaugummi heraus, wickelt in aller Ruhe einen Streifen aus und schiebt ihn sich in den Mund. »Dafür habe ich einen Zeugen.«

»Ach ja, und wie heißt der Zeuge?«

»Adrian de Groot, ein Freund von mir. Er ist Immobilienmakler. In Jever. Der ist für Harry eingesprungen. Ich kann Ihnen die Nummer geben. Herr de Groot wird das bestätigen.«

»Ein abgekartetes Spiel«, sagt Rieke Breeken und ringt um Fassung. »Ein total abgekartetes Spiel. Erpressen Sie diesen Herrn de Groot auch wie Harry Mahlstedt?«

»Stopp!«Der Anwalt hebt die Hand. »So geht das nicht. Sie haben keinerlei Beweise, Frau Kommissarin. Vermutungen und Beschimpfungen bringen uns nicht weiter.«

»Das werde ich nachprüfen«, sagt sie und geht zum Telefonieren in den Nebenraum.

»Tun Sie das, tun Sie das! Aber unterlassen Sie bitte alle unbewiesenen Behauptungen«, fordert der Anwalt.

»Aber Sie können uns sicher sagen, wo Ihr Boot liegt. Oder lag. Es ist doch Ihr Boot, oder, Herr Steinbach?«, mischt sich Lars Dierksen ein.

»Leider nicht. So viel Geld, um mir solch eine Luxusyacht zu kaufen, habe ich nicht, Herr Kommissar. Das Boot gehört einem Freund von mir. Ich darf es ab und zu benutzen.«

»Na, was für ein Boot ist das denn? Welcher Typ? Wie heißt es? Heimathafen?«

»Die Yacht heißt YELENA, eine Hallberg-Rassy 62, Heimathafen Riga.« Steinbach rattert die Angaben herunter. Keine Spur von Unsicherheit.

»Na, da haben Sie aber ein Schmuckstück«, bemerkt Lars Dierksen. »Ein Traum für jeden Segler. Was kostet sie neu? Zwei Millionen, drei Millionen?«

»Weiß ich nicht.« Boris Steinbach zuckt die Schultern. »Ist mir auch egal.«

»Auf jeden Fall haben Sie reiche Freunde«, übernimmt Freese wieder. »Wo lag die Yacht, als Sie mit Ihrem Bekannten

Herrn de Groot an Bord gingen?«

»Sagte ich das nicht? In Hooksiel, sie war dort bis Mitte April im Winterlager. Wir wollten ansegeln, bevor die Yacht mit einer neuen Crew zu einem längeren Törn aufbrechen würde. Durchs Skagerrak in die Ostsee. Sie soll in einer Werft in Riga überholt werden.«

»Aha«, sagt Freese. »Die Yacht liegt nicht mehr in Hooksiel? Wie praktisch, man kann sie also nicht überprüfen.«

»Nein, kann man nicht. Wieso auch, wollen Sie sie reparieren?« Boris Steinbach lacht. Er scheint sich sicher zu fühlen.

»Die YELENA ist in eine Werft nach Riga überführt worden, um sie für die kommende Regatta-Saison fit zu machen.«

»Das werden wir überprüfen«, droht Freese. »Ich werde mit dem Hafenmeister sprechen. Und wehe, ihre Angaben treffen nicht zu.«

»Sie unterschätzen mich, Herr Kriminalhauptkommissar.«

Es bleibt den Ermittlern nichts anderes übrig, als Boris Steinbachs Personalien aufzunehmen, nach seinem festen Wohnsitz zu fragen, den Steinbach mit einer Adresse in Wilhelmshaven angibt, und ihn vorläufig freizulassen mit der Auflage, sich bereitzuhalten für weitere Verhöre. Man könnte ihn dem Haftrichter vorführen, aber Freese ist ein zu erfahrener Kriminalbeamter, um sich der Illusion hinzugeben, der Richter würde auch nur einen Gedanken daran verschwenden, eine Untersuchungshaft anzuordnen. Die Beweislage wäre auch jedem Staatsanwalt zu dünn, um Anklage zu erheben. Zusammen mit dem Anwalt verlässt Boris Steinbach erhobenen Hauptes das Kommissariat.

»Den krieg' ich noch, dieses arrogante ...« Freese verschluckt das letzte Wort. Seine Stimme ist rau vor wütender Hilflosigkeit. »Wir werden sein Visum überprüfen lassen. Und wehe, die Papiere sind gefälscht.«

»Aber das wissen wir doch schon, dass das Visum gefälscht ist«, sagt Dierksen. »Das hat Frau Mahlstedt uns doch schon erzählt. Aber ehe die Ausländerbehörde alles überprüft hat, ist dieser Boris über alle Berge.«

»Und was machen wir in der Zwischenzeit mit Frau Mahlstedt?«, fragt Rieke.

In diesem Moment geht die Tür auf und eine junge, dunkelhaarige Polizistin kommt mit Mischa an der Hand durch die Tür.

»Mama«, schreit der Junge und rennt zu seiner Mutter.

»Er wollte unbedingt zu seiner Mama.« Luisa hebt entschuldigend die Schultern. »Ich konnte ihn nicht länger ruhig halten.«

»Haben Sie gut gemacht, Frau Vieira dos Santos. Wir danken Ihnen.«

Sie lächelt geschmeichelt.

Auf die fragenden Blicke des Dolmetschers hin erklärt Freese, dass Luisa im Einsatz war, als das Wasserschutzboot zum Kutter MARGARETHA geschickt wurde, in dessen Netz sich die Leiche von Harry Mahlstedt verheddert hatte. Bei dem Verhör anwesend zu sein, sei Teil ihrer Ausbildung.

»Tolle Ausbildung«, bemerkt Rieke schnippisch. »Weil sie Kindergärtnerin werden will. Hättest du das mit einem männlichen Polizeianwärter auch gemacht, ihn als Babysitter eingesetzt?«

Sie sieht, wie Lars Dierksen die Augenbrauen hebt. Meine Güte, warum rastet sie auch immer so schnell aus. Das war wohl wieder total unnötig. Aber sie hatte doch Recht, eine anwesende Luisa hätte mehr über Verhörtechnik gelernt, wenn sie im Vernehmungszimmer geblieben wäre, statt im Nebenzimmer mit einem vierjährigen Jungen am Computer zu spielen, oder?

Doch Luisa lacht fröhlich, sagt, sie würde sicher noch bei Hunderten, wenn nicht Tausenden von Verhören anwesend sein. Und sie sei immer wieder überrascht, wie vielseitig ihr künftiger Beruf sei.

Diesmal wird Milena Mahlstedt gebeten, mit ihrem Sohn im Nebenzimmer zu warten.

»Au ja, Mama. Komm mit. Ich spiele gegen dich.«

Luisa bekommt eine Kopie des Verhörprotokolls.

»Ich wohne in Wilhelmshaven. Ist es möglich, dass ich bei der Befragung des Hafenmeisters dabei sein kann? Ich bin Seglerin und kenne ihn gut. Und die große Yacht, die YELENA, von der Sie sprechen, die ist mir auch schon aufgefallen, vor allem die Typen an Bord. Osteuropäer«, sie unterbricht sich und wird rot. »Entschuldigung, Sie sollen nicht den Eindruck haben, ich habe was gegen Ausländer, bin ja selbst …«

»Ist schon gut«, beruhigt sie Freese, »wir verstehen, was Sie meinen. Sie dürfen gern mitkommen. Ich werde Ihren Chef anrufen und ihn bitten, Sie für ein paar Tage für uns freizustellen. Es könnte sein, Sie werden gebraucht – nicht nur als Kindergärtnerin.«

»Das kann ich ja dann übernehmen«, bemerkt Rieke säuerlich. »Aber im Ernst, was machen wir mit Milena Mahlstedt? Sie hat uns offensichtlich nicht die Wahrheit gesagt.«

»Wir müssen sie entscheiden lassen, wie es für sie und den Jungen weitergeht. Wir haben keine Ahnung, was sie wirklich weiß und was sie uns verheimlicht hat. Sie müsste am besten wissen, ob sie bedroht ist. Ein Zeugenschutzprogramm kann nicht verordnet werden. Eine Gerichtsverhandlung steht noch lange nicht an. Wenn es überhaupt dazu kommt. Was soll denn da verhandelt werden? Wir haben eine Leiche, wir vermuten illegalen Fischfang und Geldwäsche, sehen hinter all dem die russische Mafia agieren, aber wir haben keine stichhaltigen Beweise. Wir stehen ganz am Anfang unserer Ermittlungen. Ich kann nur hoffen, dass Frau Mahlstedt mit uns kooperiert. Wenn sie das nicht tut, befürchte ich, dass wir wenig tun können.«

»Vielleicht sollte sie wirklich zu ihrer Cousine nach Gelsenkirchen fahren«, überlegt Rieke, »auch wenn wir dann mit dem Kompetenzgerangel verschiedener Bundesländer kämpfen müssen. Im Übrigen besteht der dringende Verdacht, dass sie ihren Bruder Boris von meinem Telefon aus angerufen hat. Warum, weiß ich nicht. Um ihn als Mörder zu beschimpfen?«

»In unserem Haus ist eine Ferienwohnung frei. Frau Mahlstedt könnte vielleicht dort einziehen«, schlägt Luisa vor.

Freese stöhnt sofort auf. »Nicht schon wieder. Nicht Privatleben und professionelle Ermittlungsarbeit miteinander vermischen. Wohin das führt, haben wir in den letzten Tagen gesehen.«

Er blickt Rieke an. Die senkt den Kopf und inspiziert ihre Fingernägel.

»Ich nach Gelsenkirchen. Zu Cousine.« Frau Mahlstedt steht an der Tür, den Jungen an der Hand. »Gut für mich. Gut für Mischa. Cousine hat Kinder.«

»Sie wissen, wir können keinen Polizeischutz garantieren«, sagt Lars Dierksen. »Wir sind nicht in der Lage einzuschätzen, ob Sie gefährdet sind. Das wissen nur Sie selbst.«

Milena nickt. »Ich nichts weiß. Ich nichts verraten. Ich keine Gefahr für Mafia.«

»Ein unbefriedigendes Ergebnis«, schließt Freese. »Aber kann man der Frau verdenken, dass ihr das Hemd näher ist als der Rock? Auch wenn das ein blöder Spruch ist. Sie wird niemals gegen die Mafia aussagen, weil sie ihren Sohn beschützen muss.«

»Trotzdem ist es unsere Aufgabe herauszufinden, wer Harry Mahlstedt getötet und ins Wasser geworfen hat.« Niemand widerspricht Dierksen.

»Ich noch eine Nacht in Zelle. Dann Gelsenkirchen.«

»Ich bringe Sie hin«, schlägt Rieke vor. »Morgen ist mein freier Tag.«

»Meiner auch«, sagt Lars Dierksen. »Ich komme mit.«

Autobahn ins Ruhrgebiet

»Bloß raus hier!«, sagt Lars Dierksen. »Dieses Gebäude sieht aus wie ein Gefängnis, nicht wie eine Polizeistation, in der Menschen geholfen werden soll. Gehen Sie mit mir noch einen Kaffee trinken?«

Sie stehen vor dem klotzigen, rot geklinkerten Polizeigebäude.

»Soll mal der Bundeswehr gehört haben.«

Insgeheim freut Rieke sich über Dierksens Vorschlag mitzukommen, aber gleichzeitig ärgert sie sich über sich selbst, dass sie dem Charme ihres Kollegen schon wieder erliegt.

»Vielleicht sollten wir um diese Uhrzeit eher ein Glas Wein trinken und auf ein Du anstoßen. Darf ich dich einladen?«

Er legt ihr vorsichtig den Arm um die Schultern und dirigiert sie zu der gemütlichen Hafenkneipe hinter der Schleuse, direkt am Yachthafen.

»Warum um alles in der Welt bist du so gereizt, wenn ein Mann dir sein Interesse zeigt? Du machst es mir echt schwer.«

Sie haben einen Fensterplatz ergattert und schauen auf die schaukelnden Boote. Riekes Hals zeigt rote Flecken. Sie ringt nach Worten.

»Gut, lassen wir das. Ein Glas Wein? Ein gezapftes Bier? Ich habe Hunger. Der Fisch hier ist ausgezeichnet.«

»Ich weiß«, antwortet Rieke. »Das ist mein Revier.«

»Meins auch. Ich habe hier ein paar Jahre mit meiner Familie gelebt.«

»Und Sie fragen, du fragst mich, warum ich zickig bin? Ich habe die Nase voll von verheirateten Männern, die nach ein paar Monaten heißer Liebesschwüre zurück zu Mama ins Körbchen flüchten.«

»Ach, daher weht der Wind. Übrigens, ich habe dir gegenüber keine Liebesschwüre gemacht.« Dierksen lacht. »Noch nicht!«

Der Ober kommt mit den Karten. Ein paar Minuten Schweigen, dann entscheiden sich beide für Paella. Eine Paella für zwei Personen.

»Ich kann dich beruhigen. Ich lebe seit zwei Jahren allein.«

»Wieso willst du mich beruhigen? Ich bin nicht beunruhigt.«

»Bist du doch, gib es doch zu. Ich werde dir erzählen, was

passiert ist. Meine Frau hatte einen Autounfall. Unser sechsjähriger Sohn saß im Kindersitz neben ihr. Ein Laster hatte die Vorfahrt nicht beachtet. Sie waren beide sofort tot.«

»Tut mir leid. Das wusste ich nicht. Warum hast du von deiner Ex-Frau gesprochen?«

Sie legt ihre Hand auf seine. Er zieht die Hand weg.

»Ich hasse die Mitleidsbekundungen, die dann folgen. Ich will kein Mitleid. Vielleicht Verständnis. Ich habe meine Frau geliebt. Es war eine schwere Zeit für mich.«

»Das kann ich verstehen. Nein, kann ich wahrscheinlich nicht. Dir muss es sehr schlecht gegangen sein.«

»Ist es«, sagt Dierksen schlicht. »Und trotzdem ist es mir möglich, eine andere Frau anziehend zu finden, um es vorsichtig auszudrücken.«

»Ich habe gedacht, ich habe gedacht …« Rieke schluckt.

»Mir ist klar, du hast schlechte Erfahrungen gemacht.«

»Nicht wieder ein verheirateter Mann, das hatte ich mir geschworen.«

»Sollen wir versuchen, uns kennenzulernen? Wir haben Zeit. Alle Zeit der Welt«, sagt Lars Dierksen.

Rieke weiß nicht, was sie sagen soll. Aber sie nickt. Diesmal ist es Lars Dierksen, der seine Hand auf ihre legt und leise »danke« sagt. Rieke zieht die Hand erst weg, als der Ober kommt und die Paella serviert. Die übrigens ganz ausgezeichnet ist. Genauso wie der gekühlte Pfälzer Riesling.

Später stehen sie vor Riekes Haustür. Lars beugt sich zu ihr hinunter, um ihre Wange zu küssen.

»Komm rein«, sagt Rieke. »Du hast Alkohol getrunken. Du darfst nicht mehr fahren.«

»Stimmt. Hast du ein Gästebett für mich?«

»Ein Gästebett im Gästezimmer.« Lars Dierksen folgt ihr ins Haus.

Sie holen Milena und Mischa am nächsten Morgen um sieben Uhr an der Polizeiinspektion ab. Mischa ist ganz aufgeregt und kuschelt sich an Rieke.

»Wo fahren wir hin?« Sein Gesicht leuchtet. »Mama, komm! Schnell!«

Milena scheint eher reserviert. Sie blickt misstrauisch auf Lars Dierksen.

»Sie kennen doch meinen Kollegen Kriminaloberkommissar Dierksen«, erklärt Rieke. »Er wird uns begleiten. Aus Sicherheitsgründen.«

Milenas Gesicht ist verschlossen. Rieke kann nicht erkennen, ob sie Dierksens Anwesenheit beruhigt oder verstört. Mischa allerdings ist begeistert.

»Bist du auch Polizist?«, fragt er. »Warum hast du kein Tatütata-Auto?«

Dierksen lacht: »Brauchen wir heute nicht.«

Mischa macht eine Schnute. »Will Tatütata! Die anderen

Autos müssen anhalten. Bitte, bitte!«

»Ein anderes Mal! Versprochen!«

Hoffentlich nicht, denkt Rieke. Sie haben am Abend noch einen Cognac zusammen getrunken und sind anschließend brav in ihre jeweiligen Bettchen gekrochen. Lars Dierksen hat keinerlei Anstalten gemacht, die Situation auszunutzen. War Rieke enttäuscht? Sie wischt diesen Gedanken energisch beiseite. Natürlich nicht.

Dichter Berufsverkehr auf der A 29 Richtung Oldenburg, vorbei an den unausweichlichen Baustellen auf der A 1 Richtung Süden. Eine kurze Kaffeepause an der Raststätte Münster-Süd, dann Stop and Go auf der A 43 Richtung Dortmund, doch der Navigator macht keinen Alternativvorschlag. Rieke sitzt am Steuer ihres Honda Civic. Empört hat sie Lars' Vorschlag abgelehnt, das Steuer zu übernehmen. Auf dem Rücksitz sind Milena und der kleine Mischa eingeschlafen. Auch Dierksen hat die Augen geschlossen und träumt vor sich hin. Riekes aufgeregte Stimme lässt ihn zusammenzucken.

»Lars, guck mal in den Rückspiegel! Der schwarze Audi hinter uns lässt sich nicht abschütteln. Fährt viel zu dicht auf. Warum überholt er nicht, der Idiot?«

Rieke nimmt den Fuß vom Gas. Verlangsamt auf 100 km/h. Der Audi tut es ihr nach. Dierksen ist auf einmal hellwach.

»Lass uns den nächsten Parkplatz nehmen, um zu sehen, was passiert.

Ohne den Blinker zu betätigen, reißt Rieke das Steuer nach rechts, biegt scharf auf den nächsten Parkplatz. Der Audi folgt mit quietschenden Reifen. Wie in einem schlechten Krimi.

»Beschleunigen!«, fordert Dierksen.

Rieke schreit: »Klappe jetzt! Ich brauche deine Anweisungen nicht!« Sie jagt über den schmalen Parkplatz zurück auf die Autobahn.

»Wir müssen versuchen, ihn abzuschütteln, Rieke. Gib Gas!«

»Spinnst du? Nicht mit einem Kind im Wagen. Ich werde nicht unser aller Leben riskieren.«

»Das ist Boris.« Milena dreht den Kopf nach hinten, blickt durch die Heckscheibe. »Wir keine Chance haben.«

»Sie haben ihn benachrichtigt«, stellt Rieke fest. »Ihr Bruder weiß, dass wir nach Gelsenkirchen wollen. Er kennt die Adresse Ihrer Cousine.«

Milena zuckt die Achseln. »Boris mir sagen, dass er beschützen will mich und Mischa.«

Die Autos fahren fast Stoßstange an Stoßstange. Riekes Hände sind klatschnass.

»Lars, bitte um Hilfe. Sofort! «, bellt Rieke und Lars zückt sein iPhone. »Das ist die einzige Möglichkeit.«

Während Lars Dierksen sein Handy ans Ohr hält, überholt der Audi mit röhrendem Motor. Ein grinsender Boris Steinbach hebt die Hand zum Gruß.

»Und nun, Frau Mahlstedt, was nun? Offensichtlich wollen

Sie ja von Ihrem Bruder geschützt werden und nicht von uns. Wir sind kurz vor der Ausfahrt nach Gelsenkirchen. Ich schlage vor, die nächste Polizeistelle anzufahren. Wir werden auch Ihre Cousine Olga bitten, sich dort einzufinden. Vielleicht sagen Sie uns dann endlich die Wahrheit. Sonst können wir nichts für Sie tun.«

»Ich will nicht zurück nach Russland«, schreit Milena plötzlich. »Ich will nicht! Ich will nicht!« Sie hämmert mit beiden Fäusten auf Dierksens Vordersitz ein. »Ich will nicht!«

»Dann müssen Sie uns die Wahrheit sagen. Sonst können wir Sie nicht schützen«, sagt Lars Dierksen ruhig.

»Sie müssen nicht zurück nach Russland«, versucht Rieke zu beruhigen. »Sie haben einen Deutschen geheiratet. Sie haben ein Kind, das in Deutschland geboren ist. Mischa hat die deutsche Staatsangehörigkeit. Niemand kann sie zurückschicken.«

»Boris mein Ehemann ist«, behauptet Milena. »Mischa ist Sohn von Boris.«

Rieke öffnet den Mund, will etwas sagen, aber Lars Dierksen legt seine Hand auf ihren Oberschenkel.

»Psst«, sagt er leise. »Sag gar nichts. Bitte!«

Er dreht sich um zu Milena Mahlstedt. »Es ist besser, ab jetzt zu schweigen, Frau Mahlstedt. Beim Verhör in Gelsenkirchen wird ein Anwalt zugegen sein.«

Dierksen schaut Rieke Breken an. Sie ist ganz weiß im Gesicht.

»Bitte, Rieke, nimm den nächsten Parkplatz. Ich fahre den Rest.«

Rieke will widersprechen, setzt aber dann den Blinker und sie tauschen die Seiten.

Hooksiel Hafen

»Dieses Kompetenzgerangel der einzelnen Bundesländer macht mich noch wahnsinnig«, stöhnt Dierksen. Sie sind auf dem Rückweg nach Wilhelmshaven, stehen im Stau bei Osnabrück. Die Polizeiinspektion in Gelsenkirchen hat sich zügig mit dem Landeskriminalamt in Verbindung gesetzt. Auf jeden Fall scheint das Ruhrgebiet ein größeres Problem mit der russischen Mafia zu haben.

»Hast du die Liste gesehen, wie viele Restaurants und Sex-Bars in russischer Hand sind? Sollen sich doch die Kollegen in NRW um Frau Mahlstedt kümmern.«

»Vielleicht schnappen sie ja diesen Boris Steinbach«, sagt Rieke zögernd. »Offensichtlich haben wir uns die ganze Zeit von Milena Mahlstedt einen Bären aufbinden lassen. Sie ist eine gute Schauspielerin. Hat offensichtlich ihren Beruf verfehlt.«

»Hat sie nicht«, widerspricht Lars Dierksen. »Sie hat sich bisher ausgezeichnet durchlaviert, sich ein gutes Leben in Deutschland erlogen, sicherlich weit komfortabler als irgendwo in Russland. Oder Lettland. Wissen wir denn überhaupt, woher sie kommt?«

»Aber ich durchschaue ihr Spiel immer noch nicht«, gibt Rieke zu. »Wieso ist Boris Steinbach plötzlich ihr Mann? Ich dachte, er sei ihr Bruder. Oder Stiefbruder. Wie sie gestern auf ihn losgegangen ist. Wie eine Tigerin. War das nur Fake?«

»Weiß ich nicht. Vielleicht kriegen wir morgen vom Hafenmeister in Hooksiel mehr Informationen.«

»Wir müssen daran denken, die junge Polizeianwärterin anzurufen. Die scheint klug zu sein und erfrischend engagiert. Wenn sie den Hafenmeister gut kennt, ist das vielleicht ein Einstieg.«

»Ich war ja überrascht, dass diese Cousine Olga tatsächlich aufgetaucht ist. Der kleine Mischa lief ja ganz zutraulich auf seine Tante zu. Ich bin mal gespannt, wie sich die Kollegen in Gelsenkirchen verhalten werden. Halten sie Frau Mahlstedt fest? Wird sie und die Familie ihrer Cousine überwacht werden?«

»Vielleicht liegen zumindest dem Landeskriminalamt Daten über Boris Steinbach vor. Er war ja plötzlich wie vom Erdboden verschwunden. Es war ihm wohl nur wichtig, ein Bedrohungsszenario aufzubauen.«

»Die Landeskriminalämter müssen auf jeden Fall zusammenarbeiten. Das BKA muss eingeschaltet werden. Bei mafiösen Strukturen sind wir als Polizeiinspektion zu klein. Die müssen länderübergreifend verfolgt werden.«

»Mir tut ja nur der kleine Junge leid.« Rieke lehnt den Kopf zurück und schließt die Augen. Der Stau vor ihnen löst sich langsam auf.

»Schlaf ein bisschen.« Dierksen berührt sanft ihren Arm und gibt dann Gas. »Und diesen Immobilienmakler Adrian de Groot müssen wir uns auch vornehmen. Aber vielleicht hat Freese das schon getan.«

Hatte er nicht. Als sie im Kommissariat ankommen, treffen sie auf den am Schreibtisch sitzenden Hauptkommissar, der interessiert der jungen Polizeianwärterin zuhört, die schon am frühen Morgen mit ihrem Freund Jan am Hooksieler Yachthafen war, um auf ihrer kleinen Jolle den Mast zu setzen. Eine gute Gelegenheit, um mit dem Hafenmeister ins Gespräch zu kommen. Er hatte mit dem Schleusenwärter vor seinem Büro gesessen, im Windschatten Kaffee geschlürft und das Gesicht in die Sonne gehalten. Beide Männer hatten sich über die Unterbrechung gefreut. Es war nichts los im Hafen zu dieser frühen Stunde an einem ganz normalen Alltag. Für die Freizeitsegler noch zu kalt. Die warteten auf ein warmes Wochenende.

Luisa erzählt nicht, dass der Hafenmeister gefragt hatte, ob der junge Mann ihr Freund sei. Sie hatte genickt.

»Wurde aber auch Zeit, mien Deern«, hatte der Hafenmeister gesagt und sie funkelte den Mann wütend an. Der Schleusenwärter rettete die Situation, indem er fragte, ob sie privat hier wäre oder in offizieller Funktion als Polizistin.

Luisa hatte geantwortet, sie sei erst Polizeianwärterin. Aber sie hätte ein paar Fragen zu der Yacht YELENA, Heimathafen Riga. Natürlich kannten die beiden Seebären die große Hallberg-Rassy.

Der Hafenmeister hatte in seinen Computer geschaut.

»Der Eigner heißt Dimitrij Solokow, hat einen russischen Pass und scheint Geld wie Heu zu haben.«

Rieke Breken und Lars Dierksen schauen sich verblüfft an.

Der Russe überwinterte jedes Jahr in Hooksiel und ließ in der Werft das Unterwasserschiff regelmäßig von Bewuchs reinigen und das Antifouling erneuern, hatte der Hafenmeister berichtet. Er hatte sich allerdings gewundert, dass Solokow in diesem Jahr schon so frühzeitig mit einer kleinen Mannschaft zum ersten Törn aufgebrochen war. Er kannte die drei anderen Segler nicht, Osteuropäer, zumindest zwei von ihnen, da war er sich sicher. Das war auch nichts Ungewöhnliches, hatte er gesagt, denn in Ostfriesland lebten viele deutschstämmige Russen, die beim Fall des Eisernen Vorhangs nach Deutschland gekommen waren und sich hier eine neue Existenz aufgebaut hatten. Fleißige Leute, oft tüchtige Handwerker, die hier mittlerweile Grundstücke und Häuser besaßen.

Luisa zeigte den beiden Männern ein Foto von Harry Mahlstedt, aber sie hatten den Kopf geschüttelt. Nein, sie waren ganz sicher, der Mann auf dem Foto war beim Auslaufen der Yacht nicht an Bord. Der Schleusenwärter sagte, er hatte die Mannschaft genau beobachten können, denn das Schiff hat nach Öffnen der Schleuse versucht, schnell ins Fahrwasser zu kommen, hatte die Ansteuerungstonne ignoriert, um den Weg abzukürzen. Das funktioniert aber nur bei Hochwasser, und so saß die Yacht über eine Stunde im Schlick fest. Er hatte sich noch gewundert, wieso es die Männer so eilig hatten wegzukommen, denn das Schiff hatte einen verhältnismäßig großen Tiefgang, und das Wasser war noch nicht genügend aufgelaufen. Sie hatten die Yacht mit dem Fernglas beobachtet und sich über die hektischen Aktivitäten an Bord amüsiert. Er hätte auf jeden Fall den Mann auf dem Foto erkannt, wenn der an Deck gewesen wäre. Vielleicht war er ja unten in der Kajüte gewesen.

»Bestimmt, um Tee zu kochen«, meint Freese trocken.

»Oder tot in einem Sack«, wirft Rieke ein.

»Ein Foto von diesem Immobilienhändler Adrian de Groot haben wir nicht?«, fragt Lars Dierksen.

Freese schüttelt den Kopf. »Wie denn auch? Der Mann ist noch nie ermittlungstechnisch aufgefallen. Ich habe in der Kartei nachgesehen. Nichts.«

»Ich werde mich darum kümmern.« Rieke zieht die Jacke an. »Vielleicht ist die Agentur in Jever noch auf.«

»Du hast heute Nachmittag noch frei, Rieke«, sagt ihr Chef. »Die Sache hat Zeit bis morgen. Genieße die freien Stunden.« Er blickt zu Lars Dierksen.

»Ich muss weg«, sagt der und hebt bedauernd die Schultern. »Ich habe heute Nacht Bereitschaftsdienst und könnte vorher eine kurze Auszeit brauchen.«

Rieke wirft ihm einen kurzen Blick zu. »Ich finde auch, die Ermittlungen gehen vor. Danke fürs Mitkommen, Lars. Vielleicht kannst du Hinnerk noch einen kurzen Abriss von unserer Tour nach Gelsenkirchen geben. Ich würde Frau Vieira gern mitnehmen zu diesem Immobilienbüro, ehe die dichtmachen.«

»Also keine Auszeit.« Lars Dierksen seufzt.

Luisa strahlt und spurtet zur Tür. »Da soll mal einer sagen, Polizeiarbeit in Friesland sei langweilig.«, sagt sie.

»Nun mal langsam mit die jungen Pferde«, ruft Freese den Frauen hinterher. »Der Passat steht im Hof. Der Schlüssel hängt am Brett.«

Er wendet sich an Lars Dierksen. »Bitte, geben Sie mir einen kurzen Lagebericht.«

Immobilienagentur

Rieke Breken findet eine Parklücke in der Nähe des Schlossplatzes und stellt den dunkelgrauen Passat dort ab. Das Immobilienbüro liegt mitten im Altstadtbereich. Es scheint noch geöffnet zu sein. Ein weißes, klassizistisches Gebäude mit Säulen und verzierten Kapitellen, die sich an den zahlreichen hohen Fenstern fortsetzen, vermittelt den Eindruck von Erfolg. Ein kurzer Blick auf die Angebote im Fenster zeigt, dass das Gehalt eines Polizisten niemals ausreichen wird, sich mit einem der angebotenen Objekte zu beschäftigen, denkt Rieke Breken. Hier wird in einer anderen Liga gespielt. Hinter der Scheibe sehen sie eine elegante Frau am Laptop sitzen. Eine ältere Angestellte steht auf einer Leiter und räumt Ordner in ein hohes Regal. Die große, gläserne Eingangstür unter der Balustrade schiebt sich auseinander, lässt die beiden Polizistinnen eintreten. Die Laptopfrau steht sofort auf, ein geschäftsmäßiges Lächeln um die sorgfältig geschminkten Lippen. Wenn sie verärgert ist über die späte Kundschaft, lässt sie es sich nicht anmerken.

»Womit kann ich Ihnen behilflich sein?« Ihre Stimme ist dunkel, weich und geschult. Sie nimmt sofort Blickkontakt zu Rieke Breken auf, bedenkt aber auch Luisa mit einem Lächeln. Eine kompetente Geschäftsfrau um die 40, vermutet Rieke, erwartungsgemäß dezent, aber teuer angezogen: grauer enger Rock, weiße Bluse, dunkelblaues Jackett.

»Entschuldigen Sie«, sagt die Kommissarin. »Ich weiß, es ist spät, aber ich suche einen Herrn namens Adrian de Groot. Ich brauche ein paar Auskünfte.« Sie zückte ihren Dienstausweis.

»Hat Herr de Groot etwas verbrochen?« Die Frau auf der Leiter lässt den Ordner fallen, den sie in der Hand hält. »Ich hab ja sofort gesagt, da stimmt was nicht.«

»Was wollen Sie damit sagen? Was stimmt nicht?«, fragt Rieke Breken.

»Aber Frau Keisering!« Frau Timmermanns, die Chefin, schaut missbilligend zu der Frau auf der Leiter hoch. »Nun wollen wir aber keine Gerüchte in die Welt setzen, nicht wahr.« Sie streckt ihre Hand aus. »Ich bin Frau Dr. Timmermanns. Herr de Groot und ich leiten diese Agentur. Kommen Sie bitte mit in mein Büro. Frau Keisering, Sie können Feierabend machen.«

Die Chefin winkt die Angestellte mit einer ungeduldigen Handbewegung fort wie eine lästige Wespe. Frau Keisering sieht aus, als ob sie gern noch geblieben wäre. Wir brauchen unbedingt Namen, Adresse und Telefonnummer dieser Frau Keisering, notiert Luisa mental. Aber das wird Frau Breken regeln.

»Mein Name ist Rieke Breken, ich bin Polizeikommissarin bei der Kripo Wilhelmshaven. Das ist meine Kollegin, Frau Vieira dos Santos.« Luisa ist verblüfft. Rieke Breken hat sie als Kollegin, nicht als Polizeianwärterin vorgestellt.

»Setzen Sie sich«, sagt Frau Dr. Timmermanns und weist auf die voluminösen schwarzen Büffelledersessel vor dem makellos glänzenden Glastisch mit Silberumrandung.

»Sie wollen Herrn de Groot sprechen, soweit ich Sie verstanden habe. Das geht zurzeit leider nicht. Er ist geschäftlich unterwegs.«

»Wo ist er denn zurzeit?« Rieke kann sich nicht verkneifen zu fragen.

Frau Dr. Timmermanns pflückt eine imaginäre Fluse vom blauen Jackett.

»Bin ich verpflichtet, Ihnen Auskunft zu geben?«

Luisa wundert sich, wie ruhig die Kommissarin bleibt.

»Nein, sind Sie nicht. Ich kann Sie auch vorladen. Morgen um neun Uhr in der Polizeiinspektion Wilhelmshaven.« Sie steht auf, Luisa tut es ihr nach.

»Morgen um neun Uhr, das passt gar nicht.« Frau Dr. Timmermanns schaut in ihren Laptop. Sie runzelt die Stirn. »Tut mir leid, das geht nicht. Da habe ich einen wichtigen Termin.«

»Tut mir auch leid. Den müssen Sie dann wohl ausfallen lassen«, sagt Rieke Breken und bleibt an der Tür stehen. Was bildete sich diese Ziege eigentlich ein? »Sie können natürlich auch jetzt mit uns sprechen.«

Frau Dr. Timmermanns seufzt, schlägt ihr Moleskine Notizbuch auf, schiebt den silbernen Kuli aus der Halterung, schreibt ein paar Worte auf das blütenweiße Papier. Sie will uns einschüchtern, denkt Rieke, unterdrückt ihren Ärger, macht ihre Stimme ruhig und tief.

»Wir wollen unsere Zeit hier nicht vergeuden, Frau Dr. Timmermanns. Was können Sie uns über den Aufenthalt von Herrn de Groot sagen?«

»Nichts«, sagt die Maklerin und hebt die Arme in einer Geste, die Bedauern oder Verzweiflung ausdrücken soll. »Wir telefonieren seit Tagen hinter ihm her. Er ist verschwunden.«

»Kein Mensch verschwindet so einfach«, murmelt Luisa. Als Polizeianwärterin hat sie natürlich bisher den Mund gehalten und schweigend Riekes souveränes Auftreten bewundert. Verhörtechnik nennt man das wohl.

»Meine Kollegin hat recht.« Rieke schaut Luisa freundlich an. »Kein Mensch verschwindet so einfach. Und Frau Keisering hat vorhin gesagt, sie habe sofort gedacht, da stimme was nicht.«

»Hören Sie bloß nicht auf Frau Keisering. Die weiß nicht, was sie sagt.«

»Den Eindruck hatte ich nicht, Frau Timmermanns.«

Die hat aber Mut, denkt Luisa. Jetzt lässt Frau Breken sogar den Doktortitel weg. Will sie die Frau reizen, damit sie etwas Unbedachtes sagt?

Die Maklerin hebt nur kurz eine Augenbraue. »Ich werde morgen früh zu Ihnen in das Kommissariat kommen. Und zwar mit meinem Anwalt. Ich kenne meine Rechte.« Ihr linkes Augenlid zuckt.

»Schön«, sagt Rieke Breken und schenkt ihr ein großzügiges Lächeln. »Ich konnte ja nicht ahnen, wie sehr ich Sie verunsichere, nur weil ich wissen will, wo sich Ihr Kompagnon aufhält. Um diese Frage zu beantworten, brauchen Sie einen Anwalt? Gut, wie Sie meinen. Einen schönen Abend noch.«

»Unverschämtheit«, hören Sie die Maklerin noch zischen. »Ich werde mich beschweren.«

»Die hat Angst«, stellt Luisa fest. Sie sind auf dem Weg zum Auto. »Die Frau ist ja außer sich vor Angst.«

»Das sehe ich auch so. Gut beobachtet. Aber morgen wird es schwieriger werden. Der Anwalt wird ihr raten, den Mund nicht aufzumachen.«

»Aber wir haben doch nur nach Herrn de Groot gefragt. Wir haben sie nicht beschuldigt und nichts.« Luisa ist fassungslos.

»Diese Frau hat Angst. Aber leider nicht vor uns. Auf jeden Fall ist heute Abend Aktenstudium angesagt. Wir müssen mehr über diese Immobilienfirma herauskriegen. Ich habe das Gefühl, da stimmt was nicht.«

Sie steigen in den Passat, schnallen sich an.

Das Telefon klingelt. Rieke schaut auf das Display. Lächelt.

»Hallo Lars«, sagt sie. »Ich bin noch …«

Ihr Gesicht erstarrt. »Was sagst du?« Sie stellt das iPhone laut, so dass Luisa das Gespräch mithören kann.

»De Groot ist gefunden worden. Tot? Am Strand? Mit einer Kopfwunde? Vor dem Wohnmobil–Stellplatz in Ditzum? Frau Vieira und ich kommen gerade von dem Immobilienbüro in Jever. Die Chefin dort sagte, sie wisse nicht, wo Adrian de Groot sei. Er sei seit Tagen nicht im Büro aufgetaucht. Sollen wir zurückkommen? Was sagst du? Die Obduktion ist noch nicht abgeschlossen. Dann bis morgen! Wir fahren jetzt zurück nach Wilhelmshaven.«

»Schauen Sie mal, Frau Breken, ist das nicht dieser Enno? Der Fischer auf dem Krabbenkutter, der die Leiche von Harry Mahlstedt an Bord gezogen hat?«

Rieke Breken bremst scharf. »Der wohnt doch in Fedderwardersiel. Was macht der denn hier? Luisa, steig doch bitte aus und beobachte, was passiert. Ich parke den Wagen ein paar Straßen weiter und komme zurück. So viel Zeit muss sein.«

Außerdem kann Adrian de Groot nicht mehr weglaufen, denkt sie. Und schämt sich.

Träume

Luisa sieht, wie Enno den Marktplatz überquert, auf das palastähnliche Gebäude auf der Stirnseite des Platzes zugeht und im Durchgang verschwindet, über dem in großen Lettern

Hofcafé steht. Luisa setzt sich auf eine Bank, von der aus sie den Eingang gut im Blick hat und wartet. Zu ihrem Erstaunen kommt plötzlich Frau Dr. Timmermanns von links, geht ebenfalls mit energischen, schnellen Schritten auf das Café zu, blickt sich kurz um und verschwindet im Inneren.

Purer Zufall oder treffen sich Enno und die Timmermanns zu einer Tasse Kaffee, fragt sich Luisa verblüfft. Was haben die denn miteinander zu schaffen? Mit ausgestrecktem Arm und auf und ab flatternden Handbewegungen bedeutet Luisa der um die Ecke biegenden Kommissarin, sich vorsichtig zu nähern.

»Die Timmermanns ist auch da drin.« Luisa weist mit dem Kinn auf das Hofcafé. Sie setzen sich auf eine Bank gegenüber. Rieke Breken zieht das Jeversche Wochenblatt aus der Tasche, reicht auch Luisa eine Doppelseite. Sie verschanzen sich hinter ihrer Lektüre. Die mit dem Taschenmesser hineingebohrten Schlitze sind schmal und geben die Sicht auf den Eingangsbereich des Cafés frei. Die Kommissarin gähnt, dass ihr Tränen aus den Augen schießen. Ein langer Tag liegt hinter ihr, die Buchstaben tanzen vor ihren Augen. Luisa sitzt mit geradem Rücken auf der Bank, die Augen angestrengt auf die Front des vor ihnen liegenden Gebäudes gerichtet. Sie ist hellwach und aufgeregt. Wieder ein spannender Einsatz, wie ein Sonntagabend-Krimi. Keine Spur von Müdigkeit, ganz im Gegenteil, ihr Kiefer ist so fest zusammengepresst, dass die Zähne schmerzen.

»Frau Timmermanns kommt raus.« Unvermittelt stößt sie Rieke mit dem Ellbogen an. Sie beobachten, wie die Maklerin mit schnellen Schritten zu einem am gegenüberliegenden Straßenrand abgestellten silbergrauen Porsche Cayenne läuft und den Wagen startet. Das satte Motorengeräusch verliert sich hinter der nächsten Kurve.

»Und wo bleibt Enno?«, flüstert Luisa. »Oder sollen wir reingehen?«

»Komm! Du bist ihm schon begegnet, er erkennt dich vielleicht wieder. Tu so, als würdest du zufällig ins Café kommen. Sprich ihn an. Ich vertraue deinem Kommunikationstalent, das hast du schon im Hooksieler Hafen bewiesen. Vielleicht bringst du ihn zum Sprechen. Ich komme ein paar Minuten später nach und suche mir einen unauffälligen Platz in eurer Nähe.«

Luisa sieht Enno hinten an der Wand sitzen. Er starrt in seine Tasse, blickt erst auf, als Luisa sich mit einem »Hallo, Herr Tietjen« seinem Tisch nähert. Unverständnis in Ennos Gesicht

»Ich bin Luisa Vieira, Wasserschutzpolizei. Erinnern Sie sich? Wir sind uns vor etwa zwei Wochen an Bord der MARGARETHA begegnet. Als Sie diesen toten Mann im Netz hatten.«

»Sie hatten damals eine Uniform an!«, sagt Enno und rührt in seinem Milchkaffee.

»Darf ich mich setzen?«

Enno nickt zögernd. »Alles Gauner«, bricht es aus ihm heraus. »Erst versprechen sie mir das Blaue vom Himmel. Und dann – alles Luft. Kein Familien-Freizeit-Resort, kein Job, kein Geld.«

»Ich verstehe nicht?«, fragt Luisa. »Was für ein Job? Ich dachte, Sie arbeiten auf dem Kutter von Herrn Knudsen und wollen den auch übernehmen?«

»Die Krabbenfischerei lohnt sich für uns nicht mehr. Der Kutter ist zu klein, er wird verkauft an einen Holländer, der macht aus zwei alten Kuttern ein großes Schiff und kann damit weiter rausfahren. Mich braucht man nicht mehr.«

Er hebt die Hand, winkt der Bedienung, ordert einen Schnaps. »Wollen Sie auch einen, junge Frau?«

Luisa schüttelt den Kopf. »Ich verstehe nicht, welchen Job kriegen Sie nicht?«

Und dann bricht die ganze Geschichte aus Enno heraus. Dass er angeworben wurde von einem holländischen Geschäftsmann. Dass ein niederländisches Konsortium zusammen mit russischen Investoren einen großen Familien-Freizeit-Park an der Küste bauen wollte, dass er, Enno, erst Hausmeisteraufgaben übernehmen, später mal die Touristen ins Watt schippern sollte. Ein Hafenmeisterposten war ihm in Aussicht gestellt worden.

»Wird nun nichts draus«, sagt Enno und bestellt noch einen Schnaps.

»Das ist hart. Was ist denn passiert?« Luisas Mitgefühl ist nicht gespielt. Auch Jan hat ihr Ennos prekäre Situation geschildert.

»Weiß nicht. Habe mich gerade mit dieser Immobilienmaklerin getroffen. Die sagt, die Investoren hätten sich zerstritten. Es gebe unüberwindliche Schwierigkeiten beim Erwerb von Grundstücken. Nun schieben sich die Holländer und die Russen gegenseitig die Schuld zu. Es geht wohl um viel Geld. Man habe gedacht, das Naturschutzgebiet tauschen zu können gegen ein anderes Areal am Dollart, aber die Landesregierung hat abgelehnt. Ich wette, da sind jede Menge Bestechungsgelder geflossen, hat wohl nichts genützt. Manche Bauern hier sind eben stur. Frau Dr. Timmermanns behauptet, ihr Geschäftspartner sei verschwunden. Der Mann, der mich einstellen wollte. Er hat wohl vorher die Konten abgeräumt.«

»Das hat er nicht überlebt. Mit der Mafia ist nicht zu spaßen«, sagt Luisa. »Man hat Adrian de Groots Leiche gefunden.«

»Adrian ist tot?« Enno ist schockiert. Er spielt nicht, da ist sich Luisa sicher. »Sie kennen den Mann?«

»Nein«, gibt Luisa zu. »Aber wir haben ihn gesucht. Im Immobilienbüro sagte man uns, er sei seit mehreren Tagen verschwunden.«

»Wahrscheinlich hatte er versucht, sich mit irgendwelchen Geldern abzusetzen«, stellt Enno bitter fest.

»Das war's dann wohl auch für mich.« Enno hebt die Hand, um den nächsten Schnaps zu ordern, schaut Luisa an, lässt die Hand wieder sinken.

»Ich muss nach Hause. Mich um die Kinder kümmern. Meine Nachbarin wollte heute Nachmittag ein Auge auf sie werfen, aber ich habe versprochen, früh am Abend zurück zu sein.«

»Sind Sie mit dem Auto hier?« Luisa runzelt die Stirn.

»Sie meinen wegen der Schnäpse? Nein, das würde ich nicht tun.« Enno lacht gequält. »Nicht mit einer Polizistin am Tisch. Mein Wagen ist kaputt. Das Geld für die Reparatur kann ich im Moment nicht aufbringen. Ich habe den Bus genommen.«

Er schaut auf die Uhr. »Ich muss mich beeilen, er fährt in zehn Minuten.« Enno springt auf, legt einen Schein auf den Tisch. »Zahlen Sie für mich, bitte? Ich muss mich beeilen.«

»Ich nehme Sie mit nach Fedderwardersiel. Ich will heute Abend noch einen Freund dort treffen.«

»Sie meinen Jan?« Ennos Gesicht klart auf. »Sie haben sich doch damals an Bord so gut verstanden. Er ist ein netter Kerl. Den halten Sie mal fest.«

»Ich tue mein Bestes«, grinst Luisa. »Aber meine Rennbüchse steht in Hooksiel. Ich werde meine Kollegin Frau Breken bitten, uns bis Hooksiel mitzunehmen.«

Ennos Gesicht verschließt sich wieder. Wahrscheinlich fühlt er sich verraten und reingelegt, vermutet Luisa und winkt die Kommissarin heran. »Es sind immer die Kleinen, die hängen.«

»Sie werden nicht hängen, Herr Tietjen, Sie haben nichts verbrochen«, sagt Rieke Breken freundlich. »Außerdem ist bei uns die Todesstrafe abgeschafft. Trotzdem würden wir uns freuen, wenn Sie uns einige Auskünfte über Herrn de Groot und Frau Dr. Timmermanns geben könnten. Aber es muss nicht heute sein.«

Die zehn Kilometer nach Hooksiel fahren sie schweigend.

»Wenn Sie mich noch einmal brauchen, rufen Sie mich an. Ab morgen Nachmittag bin ich wieder im Dienst bei der Wasserschutzpolizei. Herr Löschner wird schon sauer.« Luisa lächelt, als sie sich von Kommissarin Breken verabschiedet.

»Kann ich mir vorstellen«, sagt Rieke freundlich. »So eine kompetente junge Kollegin, auf die verzichtet jeder ungern. Gute Fahrt!«

Enno schiebt sich gebückt in Luisas Fiat 500, legt den Anschnallgurt um.

»Ist Ihre Frau krank?«, fragt Luisa den finster vor sich hinblickenden Enno. Auf der A 28 ist wenig Verkehr. Sie kommen schnell voran. »Ich meine, wegen der Kinder.«

»Die ist weg!«

»Wie weg?« Luisa verreißt fast das Steuer. »Wer ist weg? Ihre Frau? Die kann doch nicht einfach weg sein!«

»Doch, ist sie«, sagt Enno. »Ein Unglück kommt selten allein. Wenn es überhaupt ein Unglück ist.«

Luisa weiß nicht, was sie sagen soll.

»Die hat einen anderen. Ich meine, einen anderen Mann. Einen, der was hermacht. Einen, der Geld hat. Sie will Anna mitnehmen. Den Jungen soll ich nehmen, der ist ihr zu schwierig. Aber das lasse ich nicht zu, dass sie die Kinder trennt. Eher bringe ich uns alle drei um.«

»Herr Tietjen!« Luisa sieht die Einfahrt zu einem Parkplatz, fährt hinein und stoppt abrupt. »So was dürfen Sie nicht sagen.«

»Dürfen, dürfen«, äfft Enno sie nach. »Ich bin am Ende. Vollständig am Ende. Mit dem festen Job in einem holländischen Freizeitpark hätte ich sie vielleicht zurückgekriegt. Aber jetzt?«

Luisa weiß nicht, was sie sagen soll. Was sie tun soll. Worte helfen da auch nicht weiter. Sie fühlt sich völlig überfordert. Schweigend fahren sie nach Fedderwardersiel.

Als sie vor dem kleinen Fischerhaus halten, wird die Tür aufgerissen, zwei Kinder laufen auf Enno zu, schmiegen sich an ihn. Die Tochter beäugt Luisa misstrauisch.

»Meine Mama ist verreist. Die kommt bald wieder. Nicht wahr, Papa?«

Enno wird rot. Verlegen blickt er auf Luisa.

»Ich möchte hier auf Jan warten. Kennt ihr den Jan?«

»Klar, den kenne ich«, freut sich Tommi. »Der spielt immer mit mir Fußball. Wann kommt er?«

»Ich hoffe, bald.« Luisa schaut auf ihr iPhone.

Rückfahrt

Der Autotransporter auf der A 27 Richtung Bremerhaven gibt ein dröhnendes Hupen von sich, blendet die Scheinwerfer auf und zieht auf die linke Spur. Jan fährt zusammen, umkrampft das Steuer mit beiden Händen. Auf gleicher Höhe mit Jans Corsa zeigt ihm der Fernfahrer einen Vogel und schüttelt den Kopf. Verdammt, konzentrier dich, murmelt Jan, der Kerl hat ja recht. Du bist mit deinen Gedanken ganz woanders, schleichst auf der Autobahn dahin wie ein Tattergreis. Klar, dass der Fernfahrer wütend geworden ist.

»Sorry!« Jan hebt entschuldigend die Hand, lässt den Transporter vorbeiziehen. Der Mann hat sicher einen Verladetermin im Containerhafen und darf keine Zeit verlieren.

Dabei hat auch er es eilig, nach Fedderwardersiel zu kommen. Zum Glück hat seine Mutter ihm ihren Wagen für ein paar Tage überlassen. Dass Luisa nicht auf ihr iPhone guckt, macht Jan hilflos. Sie hat wohl den Ton leise gestellt und er sieht keine blauen Haken an seiner Message, in der er Luisa mitteilt, dass er sich verspäten wird. Hoffentlich fährt sie nicht zurück nach Hooksiel. Das hat er davon, dass er immer spurt, wenn Mama Laut gibt. Obwohl – in den letzten Wochen hat er sich ganz schön emanzipiert.

Wenn Luisas Schichtdienst es irgendwie zuließ, hat er sich mit ihr getroffen, egal wie sehr seine Mutter gejammert hat, er habe nie Zeit für sie. Natürlich hat er permanent ein schlechtes Gewissen. Seine Mutter tut ihm leid. Sie hat doch nur ihn. Ob es wohl einfacher wäre, wenn er eine Schwester hätte, hat er sich oft gefragt. *Es sind die Töchter, die gefressen werden*, diesen Buchtitel hatte er vor vielen Jahren gelesen und gedacht, ok, Mama hat keine Tochter, also werde ich gefressen. Mama liebt ihn, da gibt es keinen Zweifel, sie hat alles für ihn getan. Nachtschichten gearbeitet, solange er klein war, um ihn morgens wecken zu können, wenn er in die Schule musste. Sie hatte geschuftet, damit er sich genauso viel leisten konnte wie seine Klassenkameraden. Sie war mit ihm jeden Sommer auf die Inseln gefahren, hatte immer einen seiner Freunde mitgenommen, hatte seine Nachhilfestunden und sein Rudertraining bezahlt. Nein, er durfte sich nicht beschweren. Klar, wenn er in den Herbstferien zu seinem Vater nach Bayern wollte, da war sie kurz angebunden gewesen, hatte ihm gezeigt, dass er nicht loyal war, aber sie hatte ihn ziehen lassen. Und er war nach dem ersten Urlaub klug genug gewesen, nichts von den gemeinsamen Ausflügen, nichts von der neuen Frau seines Vaters zu erzählen, nichts von den zwei Stiefgeschwistern. Die er übrigens mochte. Auch die neue Frau seines Vaters fand er nett.

Nun hat er selbst eine Freundin. Er hat Luisa seiner Mutter bisher nicht vorgestellt. Hat Angst, was passieren könnte, wenn sich beide Frauen treffen und kritisch beäugen würden. Wie würde seine Mutter reagieren? Wie Luisa? Schon die Märchen und Mythen berichten von der wohl unabwendbaren Antipathie zwischen Schwiegermutter und Schwiegertochter. Schwiegermutter! Jetzt fängt er auch schon an zu spinnen. Er kennt Luisa doch erst seit ein paar Wochen. Aber alle seine Freunde klagen, dass Mütter dazu neigen, in der ersten Freundin des Sohnes schon die zukünftige Schwiegertochter zu sehen. Mütter malen sich womöglich schon aus, wie die Enkel aussehen könnten, träumen von den Babys, die sie im Arm halten werden. Jan schüttelt sich. Gruselig. Luisas Vater hat er allerdings auch noch nicht kennengelernt. Ist noch zu früh, meint Luisa.

Ihr Vater ist schnell eifersüchtig, sagt Luisa. Aber sie möchte Jan im Sommer mit nach Conil nehmen, um ihn ihrer Mutter vorzustellen, ihren Tanten und Onkeln. Der ganzen spanischen Familie. Will er das überhaupt? Ist er dann festgelegt? Muss er sie dann heiraten? Was, wenn sie schwanger wird? In diesem Punkt ist ein Mann ja total der Frau ausgeliefert. Es sei denn, er würde ein Kondom benutzen. Müsse er nicht, hat Luisa gesagt, sie nehme die Pille. Jan war völlig konsterniert, wieso die Pille? Mit wem hat sie vorher? Natürlich hat er sie gefragt, doch Schiet, schon wieder wird er angehupt. Er muss sich zusammenreißen. Wenn er so unkonzentriert weiterfährt, werden sich alle Fragen von selbst erledigen. Er fischt das Handy vom Nebensitz. Hat sie endlich? Sie hat. Sogar eine Nachricht geschickt. *Bin bei Enno!* Wieso bei Enno? Der ist doch viel zu alt für sie. Bestimmt über vierzig. War er jetzt völlig bescheuert? Natürlich hat sie nichts mit Enno.

Seine Mutter hatte vielleicht Nerven. Sie hatte ihn nach Bremen beordert. Es sei wichtig. Und warum? Um ihrem Sohn ihren neuen Bekannten vorzustellen. Seit fast 20 Jahren niemand, nur er, Jan, der Mittelpunkt ihres Lebens, und nun ein Herr de Vries. Zu allem Überfluss sollte er sich erinnern, dass er diesem Herrn de Vries schon einmal begegnet war. Im Rijksmuseum in Amsterdam. Da war er sieben. Seine Mutter hatte ihn erwartungsvoll angeschaut. Die spinnt doch total. Wie sollte er sich daran erinnern? Ich bin Wim, hatte der Mann gesagt und ihm die Hand gereicht. Wim, was war das denn für ein Name? Wim sei Geschäftsmann, sagte Greta, hatte in Bremen zu tun, war mit dem rechten Fuß in eines der Löcher auf dem Bürgersteig getreten, das zu reparieren das verarmte Bremen sich nicht leisten konnte, war umgeknickt und hatte sich das Fußgelenk gebrochen. Notfallambulanz im Klinikum Mitte. Greta war zur Stelle, man war sich sympathisch, tauschte Lebensgeschichten aus und entdeckte – ja, du gute Güte – man war sich sogar schon einmal begegnet: im Rijksmuseum. Nichts gegen zu sagen. Vielleicht ein bisschen schnell. Jan fühlte einen Stich von, von was? Eifersucht? Lächerlich. Er doch nicht! Mutter lernt jetzt holländisch. So what?

Ob er auch eine Freundin habe, wollte Wim wissen. Mutter spitzte natürlich die Ohren. Jan blieb vage. Murmelte etwas von einer Spanierin, die er nett fand.

»Dann fahren wir im Sommer nach Spanien«, hatte Greta sofort vorgeschlagen. »Woher kommt sie genau?«

Jan hatte energisch abgewunken. Er sei sich nicht sicher. Sie hätten sich erst vor kurzem kennengelernt. Gut, dass Luisa nicht dabei war und seine Worte hörte. Seine Mutter glaubte natürlich kein Wort.

»Ach deswegen hast du in den letzten Wochen keine Zeit mehr für mich«, war ihr schmallippiger Kommentar.

»Nur nichts übereilen«, hatte dieser Wim versucht, die Wogen zu glätten. »Auch andere Mütter haben schöne Töchter.«

Er hatte verschwörerisch gelächelt. »Ich mache uns erst einmal einen Kaffee.« Mit diesen Worten war er in die Küche gehumpelt. Jan war ihm sogar ein bisschen dankbar gewesen. Aber vielleicht hatte sich die ganze Angelegenheit sowieso erledigt. Luisa war sicher wütend. Weil er sie versetzt hatte. Wegen seiner Mutter. Ein jämmerliches Mama-Kind war er.

Jan biegt in die Deichstraße ein. Luisas knallroter Fiat parkt am Straßenrand. Sein Herz macht einen Sprung. Aber das Auto ist leer. Stimmt, sie ist ja bei Enno. Natürlich wartet sie nicht im Auto auf ihn. Oder auf der Bank vor der Tür. Viel zu kalt. Keine Frau mag Kälte. Das weiß er aus leidvollen Erfahrungen mit seiner Mutter. Die Laune von Frauen sinkt mit den Temperaturen. Kein Mann hat da eine Chance. Hoffentlich ist es schön warm bei Enno.

Polizeiinspektion Wilhelmshaven

Auf Frau Dr. Timmermanns warten sie am nächsten Morgen vergeblich in der Polizeiinspektion Wilhelmshaven. Eigentlich hat Rieke Breken auch gar nicht mit ihrem Erscheinen gerechnet, weder mit noch ohne Anwalt. Sie hat ihrem Chef einen starken Kaffee gekocht – Frauensache, wie sie spitz anmerkte – und ihm den Becher hingestellt, rabenschwarzer Kaffee mit viel Zucker.

»Ich hätte sie sofort mitbringen müssen.« Bedauernd hebt sie die Schultern. »In dieser Immobilienagentur ist was superfaul, das war sofort mein Eindruck.«

»Ein vager Verdacht reicht nicht aus«, sagt Freese ruhig und pustet in den Kaffee. »Auch wenn ich dein Bauchgefühl zu schätzen gelernt habe.«

»Ein Kompliment zu so früher Stunde?«

Warum macht sie es sich so schwer, denkt Freese. Nicht einmal ein Kompliment kann sie annehmen, ohne eine ironische Bemerkung zu machen. Was ist bloß los mit Rieke Breken? Er hat gedacht, dieser Lars Dierksen täte ihr gut, würde sie sanfter machen. Aber ist da schon Schluss? Hat sie den Kollegen weggebissen?

»Da muss was total schiefgelaufen sein.« Freese ignoriert Riekes Bemerkung. »Wenn holländische Investoren das Risiko eingehen, mit Geldern der russischen Mafia einen Familien-Freizeit-Park in Deutschland zu bauen, sind sie entweder blauäugig oder die Geldgier hat ihren Verstand vernebelt. Und wenn Adrian de Groot – oder Harry Mahlstedt – gedacht haben, sie könnten ihre Geldgeber austricksen, dann haben sie sich geirrt. Harry Mahlstedt hat diese tollkühne Idee mit dem Leben bezahlt. Adrian de Groot wahrscheinlich auch.«

»Es ist ein offenes Geheimnis, dass die Gelder russischer Oligarchen, egal ob sie in Drogenhandel oder in illegale Fischerei investiert werden, von renommierten Banken in ganz Europa gewaschen werden. Auch deutsche Banken machen da fleißig mit«, ergänzt Rieke. »Um das zu behaupten, muss man weder Marxist sein noch Verschwörungstheoretiker. Das steht in jeder stinknormalen Zeitung, ohne Dementis.«

»Aber wo ist die Timmermanns? Sie muss Angst bekommen haben. Ich werde den Staatsanwalt anrufen und einen Durchsuchungsbefehl für die Räume der Agentur beantragen und sie dann zur Fahndung ausschreiben.« Hinnerk Freese schiebt den

Becher mit dem Rest lauwarmen Kaffee zur Seite, greift nach dem Telefonhörer.

»Und ich werde mich um Frau Keiserling kümmern. Ich habe den Eindruck, die weiß eine ganze Menge.« Rieke steht auf, schnappt sich die Autoschlüssel des Dienstautos.

»Viel Glück«, ruft Freese ihr hinterher. Rieke ist schon draußen. Eine aktive, kompetente Ermittlerin, denkt Freese. Ein bisschen mehr Freundlichkeit würde ihr manche Tür öffnen. Ein bisschen mehr Charme, ein bisschen mehr Weiblichkeit. Warum beißt sie immer um sich? Oder bin ich nur ein unbelehrbarer Macho!

Die Staatsanwaltschaft reagiert schnell. Wegen des Verdachts der Verwicklung in Geldwäsche und der Gefahr der Vertuschung von Straftaten wird Frau Dr. Timmermanns Haftbefehl ausgeschrieben. Rieke ist unverrichteter Dinge aus Jever zurückgekehrt, als zwei Stunden später die Nachricht über den Ticker kommt. Die niederländische Flughafenpolizei hat die Immobilienmaklerin bei der Passkontrolle in Schiphol gefasst.

»Und nun rate mal, liebe Rieke, in wessen Begleitung?«

»Adrian de Groot?«

»Meinst du, der ist wieder auferstanden von den Toten? So mächtig ist die Mafia auch wieder nicht. Halt dich fest, liebe Kollegin. Nein, sie war in Begleitung von Boris Steinbach.«

»Mit *dem* Boris Steinbach? Dem angeblichen Ehemann von Milena Mahlstedt?« Rieke ist konsterniert.

»Genau der! Und zwar hatte jeder 60.000 Euro im Handgepäck, Flugziel Buenos Aires, Zwischenstopp Madrid. Beide sitzen zurzeit in Untersuchungshaft in Amsterdam. Ihr Anwalt rät ihnen zu schweigen und versucht alles, um eine Auslieferung nach Deutschland zu verhindern, zumindest hinauszuzögern.«

»Und? Werden sie das können?«

»Glaube ich nicht. Da haben sie wenig Erfolgsaussichten, Gott sei Dank!«, meint Freese. »Vielleicht kann der Untersuchungsrichter die beiden überzeugen, im Prozess als Kronzeugen aufzutreten und den Finanzbehörden Informationen über die mafiösen Geldwäschegeschäfte zu liefern, die im Rahmen der illegalen Fischerei in der Nord- und Ostsee stattfinden. Das würde unter Umständen die Haftstrafe verkürzen.«

»Das ist gefährlich! Die Mafia wird das zu verhindern suchen. Dann sind auch sie in Lebensgefahr.«

Man müsste ihnen ein Zeugenschutzprogramm anbieten, aber das ist Sache des Richters.«

»Und Harry Mahlstedt? Wer hat den umgebracht? Der Fall ist doch überhaupt nicht gelöst.« Riekes Stimme wird laut.

»Ist er überhaupt umgebracht worden?« Wieder die bedächtige Stimme vom Hauptkommissar Freese.

»Der Obduktionsbericht hat zweifelsfrei ergeben, dass Mahlstedt tot war, ehe er überhaupt mit dem Wasser in Berührung kam. Wobei die Ärzte sich nicht hundertprozentig sicher sind bei der Todesursache.«

»Es könnte also auch ein Herzinfarkt gewesen sein?« Rieke Breken wird noch lauter. »Das glaubst du doch selbst nicht. Bei der Vorgeschichte!.«

»Was ich glaube, spielt keine Rolle. Ohne handfeste Beweise läuft nichts, das weißt du. Wir leben immerhin in einem Rechtsstaat.«

»Schöner Rechtsstaat. Wo die kleinen Gauner gefasst und die Mafiabosse und kriminellen Steuerbetrüger davon kommen!«

»Beruhige dich, Rieke. Ich bin genauso frustriert wie du. Du warst es doch, die mich neulich attackiert hat, weil ich gesagt habe, dass ich nicht mehr an Gerechtigkeit glaube, am liebsten alles hinwerfen würde, wenn ich mir das erlauben könnte. Du bist unabhängig, kannst dich noch entscheiden, ob du diesen Beruf dein ganzes Leben ausüben möchtest.«

»Ich liebe meinen Beruf. Immer noch! Und ich will rauskriegen, wer Harry Mahlstedt getötet hat. Und welche Rolle diese Milena Mahlstedt eigentlich spielt. Und ich sage dir eins, ich kriege das raus.«

»Davon bin ich überzeugt, Rieke.« Der alte Hauptkommissar bleibt ganz ruhig. »Du bist intelligent, eine kluge Ermittlerin. Ich sehe dich in ein paar Jahren als Profilerin.«

Rieke schluckt. Meint der erfahrene Kollege das ernst? Findet er ihre Arbeit wirklich gut?

»Danke, Hinnerk. Danke für deine lobenden Worte.«

Freese winkt ab. »Als ich so alt war wie du, da habe ich auch anders geredet. Ich will dir die Motivation für unseren Beruf keinesfalls nehmen. Und ich bin zutiefst überzeugt, dass ein Staat sich das Gewaltmonopol nicht aus der Hand nehmen lassen darf. Und dass es sinnvoll ist, genau dafür zu kämpfen. Übrigens, ehe ich es vergesse, dein Lars Dierksen hat versucht, dich zu erreichen.«

Rieke wird rot. »Das ist nicht mein Lars Dierksen. Was will er denn?«

»Weiß ich doch nicht!« Freese hebt die Hände. »Unsinn! Ich weiß wohl, was der will. Und du weißt das auch. So, und jetzt mache ich Feierabend. Ich soll pünktlich kommen, hat meine Frau gesagt. Wir erwarten heute Abend Gäste. Es ist ihr Geburtstag.«

Er steht auf und nimmt seine Mütze und seine Jacke vom Haken an der Tür. »Du solltest auch Schluss machen.«

»Mach ich. Und euch einen schönen Abend, Hinnerk!« Rieke lächelt ihn an. »Grüße an deine Frau und herzlichen Glückwunsch zum Geburtstag.«

Sie hört die Glastür im vorderen Eingangsbereich zufallen. Dann zückt sie ihr Handy und wählt Lars' Nummer.

ENDE

Dank

Ich möchte mich bei vielen Menschen, die mir bei der Recherche zu diesem Buch geholfen haben, bedanken. Das sind Fischer und FischhändlerInnen in Bremen, Bremerhaven, Fedderwardersiel, Horumer Siel, Neuharlingersiel und Ditzum, die sich geduldig haben interviewen lassen und mir die Augen geöffnet haben für die prekäre Situation der Fischerei in der Nord- und Ostsee.

Bettina Taylor (BUND) vom Meeresschutzbüro Bremen hat mir Informationen und Kontaktadressen zukommen lassen und mich in meinen Recherchen unterstützt.

Mit Hilfe des Sea Shepherd Büros in Bremen-Vegesack konnte ich konnte Captain Alex Cornelissen, den CEO der Organisation in Amsterdam erreichen, der mich über den aktuellen Stand der Fischpiraterie informierte.

Die Beamten der Wasserschutzpolizei haben mich nicht abgewimmelt, sondern berichteten gern von ihren Einsätzen. Stellvertretend für die polizeiliche Hilfe, die ich immer wieder durch geduldige und informationsbereite Beamten erfuhr, möchte ich mich besonders bei Polizeihauptkommissar Kiesewetter von der Polizeiinspektion Wilhelmshaven und bei Polizeioberkommissar Koch von der Polizeidirektion Oldenburg bedanken für die Sachinformationen und Quellenangaben zur polizeilichen Ermittlungsarbeit, die sich doch sehr von der Darstellung im abendlichen Fernsehprogramm unterscheidet.

Über illegale Bankgeschäfte wusste ich vor der Arbeit an diesem Buch so gut wie nichts und danke einem befreundeten Banker für die Informationen zur Geldwäsche und Korruption.

Wer noch mehr über die gnadenlose Überfischung (fishspiracy) der Weltmeere wissen möchte, der kann im Internet viele Dokumentationen finden. Auch dir, Antje, vielen Dank für die Hinweise auf die zahlreichen links im Netz. Du warst eine große Hilfe bei der Recherche.

Ein besonderes Dankeschön geht an meine Freundin Edeltraut Kemper, die immer wieder meine Texte las und korrigierte und damit verhinderte, dass der Fehlerteufel allzu erbarmungslos zuschlug.

Christa Picard
Mord im Moorexpress

Krimi, 4. Auflage
192 S., TB, 14 x 19 cm
9,90 Euro
ISBN 978-3-95494-139-1

Gerade hat der Moorexpress seine letzte Saisonfahrt beendet, da entdecken die Eisenbahner in ihrem Zug einen Toten. Die Mordkommission steht vor einem Rätsel: Bei dem Opfer, einem älteren, gut gekleideten Herrn, finden sie keine Hinweise auf seine Identität. Niemand hat etwas von dem Mord mitbekommen. Die Ermittler machen sich auf die Suche nach den Mitreisenden. Einer von ihnen muss der Mörder sein …

Der Krimi handelt in nahezu allen Orten an der Moorexpress-Strecke: Bremen – Osterholz-Scharmbeck – Gnarrenburg – Worpswede – Bremervörde – Stade.

Helga Henschel
Mord in Dangast

Ein Friesland-Krimi
184 Seiten, TB, 12,90 Euro
ISBN 978-3-95494-246-6

»Sie haben richtig gesehen, es ist wirklich ein Bein«, stellt der Leiter einer Busreisegruppe nach Friesland fest. Er steht im Gebüsch des Rastplatzes und bestätigt den grausigen Fund der Touristin. Die Gruppe ist in Aufruhr. Eine Leiche im Urlaubsparadies! Fake oder Fakt? Kommissar Klöntrup übernimmt den Fall, der ihn nach Varel, Sande, Jever, Dangast, Wilhelmshaven und Bremen führt. Wer ist der unbekannte Tote? Wo kommt er her? Was trieb den Junggesellen mit dem schicken roten Sportwagen nach Friesland? Die Ermittler stehen unter immensem Druck, den Fall möglichst bald aufzuklären, schließlich ist Saisonstart und eine Leiche kein gutes Aushängeschild für den Tourismus am Jadebusen … Ein unterhaltsamer Krimi für den Urlaub, egal ob vor Ort oder zuhause.

Christa Picard
Die Tote im Apfelgarten

Ein Krimi aus dem Alten Land
Taschenbuch, 192 Seiten
12,90 Euro
ISBN 978-3-95494-243-5

Kurz nachdem Kommissarin Gisela Schmidt die Leitung der Mordkommission in Stade übernommen hat, wird in einer Apfelplantage in Jork eine tote Frau entdeckt. Die Aufklärung des Falls stellt sie vor besondere Herausforderungen mit dem neuen Team. Der Fall führt an viele Orte im Alten Land und entlang der Unterelbe, aber auch ins Teufelsmoor im Landkreis Osterholz bis nach Worpswede. Außerdem enthält der Krimi viel Wissenswertes über die Geschichte und Kultur des Alten Landes.

Anja Schwarze
Kurs auf Mord

Ein Nordsee-Krimi
192 S., TB, 12,90 Euro
ISBN 978-3-95494-223-7

Elsa und Fiete sind eine Zweckge-
meinschaft. Elsa hat ein Boot und
Fiete möchten in der Nordsee
angeln. Bevor die beiden Rentner
jedoch ablegen können, müssen
sie erfahren, mit welchen Mitteln
der Konflikt Umweltschutz-
Tourismus in der beschaulichen
Urlaubsregion ausgetragen wird.
Von einer Umweltschützerin
hören Fiete und Elsa einiges
über Plastikmüll im Meer. Als
dieselbe Frau als Leiche im Hafenbecken liegt, beschließen sie zu
ermitteln. Damit sie zwischen
den profitorientierten Hoteliers,
ambitionierten Fischern und
hochengagierten Umweltschüt-
zern nicht die Nerven verlieren,
greift Fiete auf das zurück, was er
am besten kann: kochen – besonders natürlich Fischgerichte. Auch
Elsa, für die Essen sonst nicht so
wichtig ist, greift zu, bevor sie ihren Segelschüler in das Bordleben
einweist.

Elise van Mark
Scherbellenskoppen

Ein Ostfriesland-Krimi
208 Seiten, TB, 12,90 Euro
ISBN 978-3-95494-210-7

Dreizehn mysteriöse maskierte
Gestalten ziehen am Martinia-
bend in Heidland von Haus zu
Haus. Am nächsten Morgen
wird ein altes Ehepaar tot
aufgefunden. Hat jemand
den ostfriesischen Brauch der
Scherbellenskoppen genutzt,
um unerkannt die Morde zu
begehen? Hexe, Teufel und
der schwarze Mann machen
sich verdächtig. Hat der
kleine Marvin etwas gesehen,
das ihn in Gefahr bringt,
und warum ist der Sohn der
Ermordeten verschwunden?
Kriminalhauptkommissarin
Janne Winkelmanns erster Fall
bei der Polizeiinspektion Leer/
Emden führt sie ausgerechnet
in ihr Heimatdorf. Zum Glück
gibt es dort noch ihre Tante
Leni, die viel über alte Dorfge-
schichten weiß. Ist vielleicht
jemand der Meinung, dass sie
zuviel weiß?

Elke Marion Weiß
Wattlauf mit dem Tod

Ein Nordsee-Krimi
288 Seiten, TB, 12,90 Euro
ISBN 978-3-95494-222-0

Ein abgebrannter Journalist
muss sich seit seinem Rauswurf
selbst nach lukrativen Aufträgen
umtun. Da kommt ihm das
unerklärliche Verschwinden
einer Malerin wie gerufen. Ent-
führung? Erpressung? Oder gar
Mord? Die Recherche führt ihn
auf eine friedliche nordfriesische
Insel. Dort muss er erleben, wie
plötzlich das Böse in die Idylle
eindringt: Brandstiftung, manipu-
lierte Autobremsen, Baugruben
fordern tödliche Opfer. Stehen
die Morde in Zusammenhang
mit einer ménage à trois, in die
auch die Frau eines Politikers
verwickelt ist? Oder geht es
um das große Bauprojekt
Wattenmeerpark am Rande
eines Vogelschutzgebiets, das
einen Inselkrieg in Gang gesetzt
hat, der an Theodor Storms
Schimmelreiter erinnert? Oder
verbirgt sich etwas Größeres,
Gefährlicheres dahinter?